KONT ACHTERUIT. HOERIG

HERMINE LANDVREUGD

Het zilveren theeëi
Margaretha bleef het langst liggen

DE BEZIGE BIJ

Hermine Landvreugd

Kont achteruit. Hoerig

Verhalen

1999
UITGEVERIJ DE BEZIGE BIJ
AMSTERDAM

Copyright © 1999 Hermine Landvreugd
Eerste druk februari 1999
Tweede druk maart 1999
Omslag Studio Paul Koeleman
Druk Mennen-Schriks Grafische Bedrijven, Asten
ISBN 90 234 3809 4 CIP
NUGI 300

Und ein ordentlicher Mensch hat sein Leben lieb, und ein Mensch, der sein Leben lieb hat, hat keine Courage, ein tugendhafter Mensch hat keine Courage!
Wer Courage hat ist ei Hundsfott.

G. Büchner *Woyzeck*

Voor René en Power Pettersson

INHOUD

KONT ACHTERUIT. HOERIG

De zeven Marokkanen die hier bijna dagelijks zijn, hangen aan de bar, drinken thee en kijken me aan, stoned. Vanochtend heb ik uit het ziekenhuis gebeld dat ik misschien iets later kwam.

Toen de verpleegster die me de zaal op had gereden, door de klapdeur verdween, stond ik op en kleedde me aan.

'Je moet minstens een half uur blijven liggen hoor, hebben ze dat tegen jou niet gezegd?' zei een meisje dat bij het raam lag en in een Viva bladerde. De groene operatiejurk propte ik in het prullenbakje onder de wastafel, boven op een bos verdroogde anjers en bebloede tissues.

Ik liep langs de receptie en zag Olivier, vlak bij de slagboom voor de hoofdingang, rondjes rijden op zijn mountainbike. Hij maakte een scherpe bocht en viel net niet tegen een busje aan met de tekst Hertz Verhuur op de zijkant. Hij had niet binnen durven wachten. Het was koud. Ik hoopte dat zijn vingers verstijfd waren.

'Kom op de stang,' zei Olivier, maar ik ging met de tram naar huis. Bij het stoplicht dat op rood stond haalde hij in. Hing over het stuur met zijn tong uit zijn mond en veegde omstandig over zijn voorhoofd. Om mij aan het lachen te maken, denk ik. De tram trok weer op, we zwaaiden naar elkaar.

De baas, Mourat, zat bij de deur toen ik aan het begin van de middag de coffeeshop binnenkwam, hij speelde met de franje van het pluche tafelkleed.

'Goed. Jij bent er,' aarzelend kauwde hij op zijn wang en zijn ogen bleven hangen bij mijn heupen. Hij kwam half overeind en kneep in mijn bovenarm. Ik was de afgelopen weken twee kilo zwaarder geworden. Viel hem dat op.

'Mooi roze,' hij knikte naar mijn catsuit, 'ik ook.' Mourat plukte aan zijn lichtroze kaftan en lachte. Ik lachte mee, ik heb geen hekel aan hem.

Ik zit op een kruk naast de sinaasappelpers, de schuimrubberzitting is gelukkig zacht en ik schuif mijn bekken vooruit, zodat mijn gewicht op mijn stuitje rust. De Arabische muziek is zo golvend en zonder verrassingen dat ik bijna in slaap wieg.

Een jongen, zijn glanzende krullen in een scheiding gekamd, draait de top van een joint dicht en knipoogt naar me.

Ik laat het mes waarmee ik sinaasappels doorsnij uit mijn hand glijden. Het klettert tegen een poot van de kruk en draait rond op de vlakke kant van het heft. De jongen gaat rechtop zitten, ogen gericht op mijn decolleté. Hij hoopt vast dat ik het mes opraap, want mijn catsuit is niet tot bovenaan dichtgeritst en mijn borsten spannen er zo strak onder dat je de naden van mijn bh ziet.

'Je ziet er erg leuk uit vandaag,' grijnst hij. Waarom heeft hij geen accent zodat ik hem belachelijk kan maken.

Het lemmet weerkaatst het roze van mijn kleding. Ik denk zo sterk aan het ziekenhuis dat ik formaline ruik.

'Ik weet niet of dat zo verstandig is,' had een verpleegster gezegd die wees waar ik me moest verkleden en mijn stilettohakken zag. 'Na de behandeling bestaat er een grote kans dat je je erg flauw voelt. Word je wel opgehaald?' Ik wilde dat ze dit ongeïnteresseerd zei, dat het een standaardvraag was, waarvan het antwoord haar niet boeide. Maar ze keek me onderzoekend aan. 'Word je wel opgehaald?'

Ik meed haar blik en hing mijn jas over een stoelleuning. Godverdomme stel je niet aan godverdomme. Ga weg alsjeblieft.

Ze bleef even staan. Zei: 'Nou. Als er iets is, roep je maar. Ik kom je over een kwartiertje halen.'

Na de vijfde espresso neem ik een cappuccino. Ik ben nog steeds misselijk. Misschien verdunt koffie je bloed, net als alcohol. De maandverbanden die ik meekreeg lijken wel incontinentieluiers, de randen voel ik tegen mijn dijen. Ter camouflage heb ik een trainingsjack rond mijn middel geknoopt.

Een van de jongens bij het tafelvoetbalspel zingt met de muziek mee en draait met wijdgespreide armen rondjes. De anderen lachen en klappen. Ze stampen op de vloer en trekken hun rug hol. Kont achteruit. Hoerig.

'Hé,' iemand schudt aan mijn schouder en ik schrik op.

'Thee, thee,' er wordt een kopje onder mijn neus geduwd waar een laagje donkerbruin vocht in zit met een vlies erop. Ik struikel van vermoeidheid als ik het van de toog pak, spoel het kopje om en kijk op de klok. Nog geen kwart over vier. Van de hasjlucht word ik ook niet wakkerder.

De jongen met de scheiding geeft me een kushandje en bestelt een jus d'orange.

'De sinaasappels zijn verrot.' Ik maak voor mezelf twee cappuccino's en drink ze achter elkaar op. Een harde tik op het raam. Olivier! Ik ren naar de deur. Hij zit op zijn mountainbike en leunt met een hand tegen de deurpost.

'Hé, werkpaardje!' begroet hij me vrolijk. Zijn neus is rood wat grappig kleurt bij zijn sproeten en de wind heeft zijn haar door de war geblazen.

'Als je vanavond thuis komt staat het eten op tafel, ik ga boodschappen doen.' Hij wijst op de tas onder de bagagedrager, haalt een potje biergisttabletten uit zijn binnenzak. Kijkt om zich heen en fluistert: 'Eerst moet ik een paar van deze zien te verkopen.' Hij stopt het potje zorgvuldig weg en probeert door de deuropening naar binnen te kijken.

'Is hoe heet ze, Inge, dinges, er toevallig ook?'

'Nee,' ik trek de deur zo ver mogelijk achter me dicht.

Lisa heet ze en dat weet hij heel goed. Ze werkt hier vaak als mijn dienst erop zit en komt soms rond deze tijd al, voor de gezelligheid, zegt ze. Olivier vindt haar neus klassiek Grieks.

Hoofdschuddend kijkt Olivier me aan, schakelt en fietst weg. De Wrangler spijkerbroek staat hem stoer. Die heb ik gegeven. Omdat hij nooit cadeaus van me wil aannemen zei ik dat ik hem voor mezelf had gekocht maar dat hij te ruim viel en ik de bon kwijt was. Ik zwaai hem na tot achter me wordt geroepen dat het tocht.

'Ik ben een mislukkeling,' zuchtte Olivier en staarde treurig voor zich uit. Hij was ontslagen bij de t-shirtshop in de Damstraat omdat de kas voor de zoveelste maal niet klopte. Een lange askegel viel van zijn sigaret, rolde over zijn t-shirt met de opdruk 'Join the House of Love'. Het liefst drukte ik hem tegen me aan: dat tengere gespierde lichaam voelen, hem zo lang kussen en strelen totdat hij vrolijk werd.

'We kunnen hier best met zijn drieën wonen.'

Hij snoof. 'Doe toch niet zo naïef.'

Ik probeerde met een aansteker het gas aan te steken maar het wieltje zat vast. Olivier stond op, sloeg een arm om me heen, drukte zijn gezicht in mijn hals. Ik rook hem, zo zoet. Wie heeft deze kankeraansteker hier neergelegd. Kan niemand hier ooit lucifers kopen.

'Lieve vriendin,' hij legde een hand op mijn schouder, 'het kan nou eenmaal niet.'

Waar heb je het over. Wat lieve vriendin. Sodemieter op.

Olivier moet geld verdienen. Hij wil naar Canada om daar in het Cirque du Soleil te werken. Behalve acrobatieklessen volgt hij, sinds hij het circus op het Museumplein zag, pentjak silat.

'Het liefst ben ik koorddanser,' zei hij gisteren toen hij net uit de douche kwam, met een handdoek om zijn middel. Hij streek zijn haar naar achteren en kuste zijn eigen spiegelbeeld. 'Daar ben ik namelijk heel erg goed in.' Hij demonstreerde het door met gespitste tenen over het spoor koffievlekken te balanceren dat ik in de gang had gemaakt toen ik hem ontbijt bracht.

'Oeioei!' riep hij, deed alsof hij struikelde en maaide wild met zijn armen.

Ik kon er niet om lachen. Wat moet hij in Canada. Als dat Cirque du Soleil geen reclame voor zijn voorstellingen op rtl had gemaakt, had hij nooit van het bestaan geweten.

'Je kan net zo goed in de Efteling gaan werken. Daar hebben ze ook altijd acrobaten nodig.'

Hij gooide de handdoek over zijn hoofd en droogde fluitend zijn haar.

'Wacht even.' Hij tilde de witte badstof een stukje op en keek me strak aan. Zijn stem had nu niets vriendelijks meer. 'Let's be clear about this. Ik blijf niet in Nederland.' Hij hing de doek weer over zijn gezicht waardoor zijn stem dof klonk. 'Als ik een fles wodka op heb en dan met iemand naar bed ga, dan bedoel ik daar dus verder niets mee.'

Meteen daarop kruiste hij zijn polsen achter zijn rug alsof ze waren vastgebonden, ging krom staan en jammerde zacht onder de witte badstof: 'Wee, wee, ik ben een tot de strop veroordeelde. Vervul mijn laatste wens, die chocotoffs die je van je moeder hebt gekregen.'

Ik schoot in de lach en haalde ze voor hem uit mijn kamer.

Om een uur of vijf komt Mourat zijn kantoortje uit en vraagt of ik achter wil stofzuigen, hij heeft een pot suiker laten vallen.

Hij duwt mij voor zich uit en de jongens bij het tafelvoetbalspel roepen ons na. De jongen met de scheiding lijkt zelfs verontwaardigd. De baas draait zich om, zonder de hand van mijn schouderblad te halen, en snauwt ze af in het Arabisch. De meeste Marokkanen spreken drie talen, Frans, Hoog-arabisch en Marokkaans. Mourat zegt dat die laat-ste twee heel verschillende talen zijn. Ik denk dat Marokkaans gewoon een dialect is.

Met zijn elleboog duwt hij de deur in het slot, een vlaag tocht doet een poster van Marilyn Monroe aan de muur bewegen. Zo'n buikje als Marilyn heb ik nu, zo'n kleine zachte welving. Dat heb ik nooit mooi gevonden. Het moet snel weg. Thuisgekomen wilde ik meteen buikspieren gaan trainen. Maar al toen ik ging liggen, handen in de nek gevouwen, voelde ik een scheutje bloed mijn lichaam verlaten.

'Zo,' hij doet de grote lamp uit. Er brandt alleen een aardewerken schemerlamp, met sierlijke uit-snijdingen, banen licht waaieren uit over de muur. Eén valt over de zware zijde van zijn kaftan, die een gouden glans krijgt.

17

'Zo,' zegt hij weer en komt dicht naast me staan. Zijn dikke buik drukt hij tegen me aan. Lauw voelt zijn adem tegen mijn wang. In een keer ritst hij mijn catsuit open, omvat met een hand een borst. Te hard, ze werden al na een week of drie strak gespannen en als ik er per ongeluk met mijn bovenarm tegen wreef deden ze erg pijn, alsof ze barstten.

Zijn tong, als koud zeem, likt in en over mijn oor. Hij snuift en duwt zo hard tegen me aan dat ik om houvast te zoeken tegen de tafel leun, de rand drukt in mijn onderrug.

Ik hou mijn ogen stijf dicht. Mourat probeert zijn tong mijn mond in te wringen en zijn vingers gaan onder het elastiek van mijn slip.

Met mijn ellebogen wrik ik hem van me af. Hijgend zegt hij iets als 'gamsa alkadesj' en wijst achter me op tafel. Op het pluche kleed liggen twee vijftigjes, nieuw en glad, naast een giromaatpas. Honderd gulden, dat krijg ik ook voor tien uur hier achter de bar staan.

Olivier, waarom ben je niet hier om te zeggen wat ik moet doen. Neuken niet in elk geval. Als ik eraan denk voel ik die harde metalen eendenbek weer en hoor ik het geluid dat lijkt op dat van het machientje waarmee de tandarts speeksel wegzuigt.

Zwaar ademt hij door zijn neus, probeert de catsuit van mijn schouders te trekken en me in de richting van de sofa te duwen.

'Neuken doe ik niet,' zeg ik.

'Ja,' zegt Mourat en likt weer over mijn gezicht.

Zijn hals is vochtig door transpiratie en de stoppels raspen onaangenaam.

'Niet,' ik geef hem een harde zet zodat hij op de krakende sofa neerploft. Ik ben een kangoeroe, doordat er niets meer in mijn buidel zit ben ik extra sterk, een trap van mijn achterpoten en ik breek je rug als ik wil.

Ik schort zijn kaftan op. Daaronder draagt hij een donkerblauwe boxer met heelal-print, zijn harde geslacht duwt een schotelvormige ufo omhoog en heeft al een vochtplek gemaakt.

Met een hand masseer ik de warme binnenkanten van zijn zwaarbehaarde dijen, ze voelen verrassend stevig. Met de andere hand haal ik zijn piemel tevoorschijn. Een opgezwollen ader loopt van zijn zak tot zijn eikel. Hij is besneden, ik vind het onbeleefd, ongevraagd die blote kop laten zien.

Een druppel glanst en trilt bovenop. Mourat drukt mijn hoofd omlaag. Mijn nek verkrampt door het tegenwerken, ik geef het op en kus zijn zak. Hij smaakt zoutig en ik krijg een haar in mijn mond. Ik probeer niet te kokhalzen. Aftrekken gaat als vanzelf, Mourat ademt zwaar en beweegt zijn geslacht snel door mijn vuist.

Warm druipt het over mijn hand en ik ruik die penetrante geur. Zurige koffie komt mijn mond in, ik wend me af en slik het weg.

Mourat kijkt wazig voor zich uit. Zegt iets wat ik niet versta en wijst op een doos Kleenex. Ik reik het hem aan, zorgvuldig veegt hij zijn geslacht schoon, perst de laatste druppels eruit.

Zal ik op zijn schoot gaan zitten. Wat heb ik te verliezen. Nu weeg ik nog vijfenvijftig kilo, dat vindt Mourat vast mooi. De zanger Boy George woog toen hij heroïneverslaafd was, ook vijfenvijftig kilo. De nichtenpop is in Engeland aan een tweede jeugd bezig. Boy George heeft net een schreeuwerige biografie uit, van Marc Almond ligt een plaat vol campy disco klaar. Hoe weet ik dit. Olivier heeft vier cd's van Boy George. Exit Olivier.

Het maandverband is een harde prop geworden in mijn Aubade-bikinislip van zeventig gulden.

Mourat glimlacht, verfrommelt de Kleenex en aait over mijn wang. Jij bent Aladdin en ik Marilyn, twintig voor zes op dinsdag op de Haarlemmerdijk. Een van die ufo's maakt zich direct los van de verwassen boxer, hoop ik, en neemt mij mee. Verdwijnt in een Zwart Gat. Keert nooit meer terug.

Er wordt geklopt. Meteen gaat de deur open en de jongen met de scheiding steekt zijn hoofd om de hoek, zijn ogen glimmen als hij ons ziet. Op vragende toon zegt hij iets tegen Mourat en bekijkt mij begerig, wil de kamer in lopen. Maar voordat hij de deuropening door is rits ik mijn pak dicht en pers me langs hem. Kijk strak in zijn ogen en duw mijn lichaam zo hard ik kan tegen hem op.

Mijn borsten doen pijn en het maakt me triest. Ik hou er niets aan over. Alles krimpt weer. Geen Olivier die zijn oor tegen mijn bolle buik drukt, net naast mijn navel, en blij roept 'ik hoor hem! ik hoor hem!' Geen bh's met een grotere cupmaat tussen je ondergoed, die je nog eens tevoorschijn haalt, waar je overheen strijkt en dan terugdenkt aan de tijd dat iedereen zei: 'Laat maar, jij moet voorzichtig aan doen, ga jij lekker zitten, ik doe het wel!'

Ik haal mijn rode lakjas van de kapstok naast de bar, berg de twee vijftigjes in mijn portemonnee en zeg: 'Ik neem ontslag,' tegen niemand in het bijzonder.

Een jongen die denk ik Ibrahim heet en een jongen in een Adidas-trainingspak lachen om iets op tv.

Ik ben eerder thuis dan Olivier.

RECHT UIT HET ACHTERRAAM KIJKEN

Gelukkig konden we de bands nauwelijks horen. Ik hou helemaal niet van blues. We stonden met onze kramen aan de modderige rand van het festivalterrein, vlak bij de wc-huisjes en de parkeerplaats van tientallen glanzende motoren.

'Wat kosten ze,' vroeg een dertiger in spijkerkleding. Hij streek een pluk touwachtig haar achter zijn oor.

'Verschilt,' zei ik. Nu ga ik een keer net zo bijdehand doen als ik eruitzie, dacht ik. Zet je schrap slappe trut, anders blijven de kranten je lastigvallen als het proefabonnement is afgelopen.

De jongen trok een blikje uit een sixpack bier en bood het mij aan. Ik bedankte. Hij haalde zijn schouders op en ging op de uitstaltafel zitten, schoof een stapel t-shirts opzij.

'Niet kopen, doorlopen,' zei ik.

Sissy Boy, die achter me een doos petten uitpakte, grinnikte.

'Niet op je mondje gevallen,' de dertiger knikte goedkeurend, 'daar hou ik wel van. Loop met me mee naar het veld, je maatjes nemen de zaken wel over. Little Feet speelt over een uurtje, hebben we goeie plaatsen.'

Ik zette m'n walkman op en floot hard mee met Tricky. Ik hoopte dat hij niet hoorde dat ik trilde van de zenuwen. Sissy Boy rolde om van de lach, ik stapte langs hem door de opening in het zeildoek naar onze andere kraam, waar Inse en die andere jongen, wiens naam ik altijd vergeet, stonden met de zonnebrillen en de door Hans bedrukte heuptasjes. Die laatste zetten we bij bosjes om.

De dertiger was buitenom meegelopen en stond weer voor me. Gaapte me aan, wijdbeens, en dronk van zijn bier. Ik rangschikte de handel. Hij zei iets maar ik verstond hem natuurlijk niet. Ineens greep hij mij bij mijn bovenarm en trok me naar voren zodat de rand van de tafel in mijn middenrif stak. Zijn rode gezicht was heel dicht bij het mijne, ik zag kleine rode puisten op zijn neusvleugels. Hij siste iets tussen zijn tanden, grijnsde en likte over mijn mond. Een lange, natte haal. Ik trok me los, maar op hetzelfde moment gaf hij me een zet zodat ik achteroverviel. Met een armbeweging maaide hij alle koopwaar van de tafel en liep lachend weg.

Inse en de andere jongen hielpen me overeind. SB piepte met zijn zwarte kuif tussen het zeildoek door. Hij lichtte de koptelefoon van mijn oren. 'Ik dacht, ik zeg maar niks,' zei hij, 'ik moest er wel om lachen maar je moet oppassen hoor, je weet maar nooit met die bluesmalloten.' Zorgvuldig sloeg hij het zand van mijn achterwerk. Ik wreef over mijn arm waar de mafkees me in een pijnlijke greep had gehouden.

'Voor hetzelfde geld was die bimbo op zijn motor gesprongen, hadtie onze kraampjes omvergereden en ons erbij.'

'Jahoor,' lachte Inse, 'daar hebben we SB weer.

Als er iets gebeurt zorgt hij dat hij veilig achteraan staat, maar hij weet het altijd wel te dramatiseren. Je leest te veel stripboeken, SB.'

SB en ik zochten alle tasjes en zonnebrillen van de grond en veegden ze schoon met een theedoek. Inse en de andere jongen gingen broodjes knakworst en blikjes halen.

'Weet je,' zei SB, 'niks mis mee dat je zo assertief uit de hoek kwam hoor, zeker voor jou niet, dat mag ook wel eens. Maar je kan de boel natuurlijk ook naar je hand zetten.'

'Hoe bedoel je.' Ik raapte een tasje op dat vlak naast een frietzakje met mayonaise terecht was gekomen.

'Je kan ook gebruikmaken van het feit dat die jongen iets van je wil. Er geld voor vragen.' Hij zei het luchtig, zodat ik niet wist of het een grapje was. Aan de spanning waarmee hij mijn reactie afwachtte zag ik dat hij het serieus bedoelde. Dat zei mij genoeg, zelf zou hij het vast gedaan hebben tegen betaling. Om hem te pesten zei ik niets.

Een windvlaag bracht flarden van een jammerende gitaarsolo mee. Ik rekte me uit. 'Wat een rotmuziek toch hè? Wat vinden ze eraan.'

'Ja,' zei SB en ik hoorde het ongeduld in zijn stem. Hij zette een schoongemaakte zonnebril op. 'Maar zeg eens,' begon hij nonchalant. 'Wat vind jij er nou van als mensen zichzelf verhuren voor jeweetwel.'

'Ieder gebruikt zijn lichaamsdelen maar naar eigen goeddunken,' zei ik.

27

SB lachte maar zijn blik bleef gespannen.

Ik vroeg me af wat het hem kon schelen wat ik van zoiets denk. Ik keek hem recht aan. 'Waarom wil je dat eigenlijk weten?'

Hij begon te hakkelen en bloosde. 'Nou, ik eh, we zijn toch, we werken toch al een jaar samen, we zijn toch vrienden min of meer. Toch?'

Toen we weer achter de kraam stonden zei hij: 'Ik doe het weleens, ook op festivals. Ik vroeg me af of het jullie was opgevallen.'

'Nee hoor,' zei ik en SB leek dat op te vatten als een compliment. Hij glunderde. 'Ik heb er ook wel een handigheid in moet ik zeggen.'

'Zal ik deze nemen of deze?' Een jongen in roze leren hotpants zette geposeerd een been voor het andere en legde een hand op zijn heup. 'Zullen ze me überhaupt wel staan,' zuchtte hij, 'wat denken jullie ervan?' Hij schudde zijn lange golvende haar naar achteren en keek alleen SB aan, 'straks lacht iemand me uit, daar ben ik heel gevoelig voor, weet je.'

SB keek onafgebroken terug. 'Moeilijk, maar ik zou zeggen, pas er een paar achter de toiletwagens. Ik help je wel even.' Hij griste een stapeltje t-shirts uit een doos. Volgens mij waren het allemaal dezelfde, Pearl Jam-opdruk, medium.

Tussen de motoren door liepen ze richting toiletten. Inse en dinges zagen het niet eens, Inse probeerde drie zonnebrillen tegelijk op te zetten en dinges riep iets naar hem dat ik niet verstond en klapte dubbel van de lach.

'Zachtjes tikt de regen tegen 't zolderraam,' neuriede SB. We zaten achter in de bestelbus, tussen de vochtige kartonnen dozen. Voordat we hadden afgebroken en opgeruimd brak de bui los. De regen ratelde op het dak en kronkelige stralen gleden over de achterruit. Het was donker en het enige dat ik zag waren de koplampen van de auto's achter ons. De harige bruine mat waarop ik zat prikte aan mijn billen, de vloer van de bus trilde aangenaam.

Door het donker naar huis rijden vind ik het leukste van het werk, ik sloeg de armen om mijn knieën, ik kan me verbeelden dat ik op elke plaats ter wereld ben.

'Licht eens bij met je aansteker.' SB probeerde op een doos een joint te rollen, verkruimelde de hasjiesj op de vloei. Toen hij klaar was bleek de vloei aan de doos te zijn vastgeplakt. 'Godver!' hij schopte hard tegen de doos zodat die omkieperde.

Een van de jongens voorin beukte op de tussenwand, 'is er iets?'

SB staarde zwijgend voor zich uit, handen tussen zijn benen. Toen we de snelweg afgingen, viel hij bijna van de reserveband.

Ik kon mijn lachen niet inhouden.

'Is er iets,' snauwde hij. Ik begreep niet waarom hij opeens zo chagrijnig was en ik had geen zin in geruzie.

'Heb je nog wat verdiend aan die jongen?'

SB haalde een biljet uit zijn zak en streek het glad. 'Pijpen met condoom.'

'Wie wie?'

Hij zuchtte vermoeid. 'Ik hem natuurlijk.'

Ik heb mezelf aangeleerd om alleen recht uit het achterraam te kijken als ik in de bestelbus zit, zodat ik de verkeersborden langs de weg waarop staat welke stad nog hoe ver verwijderd is niet zie. Nagorno-Karabach, schoot me opeens te binnen, ik zou niet weten waar het lag maar ik zal er wel iets over op het journaal hebben gehoord. De klank is mysterieus, oosters, ik verbeeldde me meteen wierook te ruiken en al die koplampen die ik zag waren natuurlijk van Rolls Royces van rijke oliesjeiks bewapend met uzi's, die achter ons aan zaten omdat ze mij allemaal in hun harem wilden hebben. 'SB, Nagorno-Karabach, stel je eens voor dat we daar zijn en'

'Liever niet,' viel hij me bot in de rede, 'ik weet niet of je weleens een krant inkijkt maar het is daar dus oorlog. Sorry,' voegde hij er meteen aan toe, 'maar ik heb geen huis meer. Ik denk niet dat mijn vriendje me er nog in laat. Ik heb zijn servetje met handtekeningen van Anni-Frid en Agnetha verscheurd. Bij m'n ouders kan ik niet aankomen. En het regent ook nog.'

'Slaap maar bij mij.'

Gelijk omhelsde hij me en drukte een zoen op mijn wang. 'Wat lief van je. En dat je niet wist dat het oorlog is in Nagorno-Karabach maakt mij niet uit, hoor. Maar als je het mij vraagt, ik ben liever in Duckstad dan daar. In Duckstad hebben zwervers recht op gratis hamburgers en cola, wist je dat?' Geestdriftig keek hij me aan.

Onder het spoor door reden we Oost binnen. Hans, de maker van de t-shirts en onze baas, woont aan de rand van de stad. In het hele laatste blok van de straat brandde alleen nog licht in zijn huis, achter de lila gordijnen op drie hoog. De regen was bijna opgehouden toen we uitlaadden. Hans had de auto vast gehoord want hij stak zijn hoofd uit het raam. Ik zag zijn onderkin, die ik erg onsmakelijk vind.

'Hé schattebouten van me,' riep hij en zijn stem klonk vlak en hol in de lege straat, 'let op, hier komtie!' Hij gooide de sleutel van het souterrain naar beneden, hij kletterde neer op de stoep. 'Struikel niet want het licht is stuk!'

'En jij bent natuurlijk te gierig en te lui om het te repareren,' mompelde Inse terwijl hij de sleutel opraapte.

'Zei je wat Inse?'

Ik trok de mouwen van mijn jas over mijn handen en pakte een stapel dozen bij de bodem beet zodat ze niet scheurden. Zwijgend brachten we alles in het souterrain.

'Zet maar ergens neer,' Inse gebaarde om zich heen, 'we zien geen moer dus netjes hoeft het niet.'

Het stonk zoals altijd naar vochtige muren en ik botste tegen het openstaande deurtje van de wasmachine.

Inse trok de deur met een klap dicht en sloot af. Tegelijkertijd schoof Hans zijn piepende kozijn weer omhoog. De vitrage hing als een voile voor zijn hoofd. 'Klaar? Goed zo jongens. Inse, kom jij boven met de portemonnee?'

Inse stak zijn arm als een uithangbord naar voren en wij hingen onze buideltasjes eraan.

'Hebben jullie getankt? Olie ververst?' riep Hans.

SB zei: 'Boren naar olie is voor het eerst gedaan in 1857, Pennsylvania. Voor die tijd vond men het bij toeval en gebruikte men het als medicijn. Wonderolie. Tegen maagzuur, haaruitval, eczeem en ter bevordering van spontane abortus. Tot iemand een keer ontdekte dat het een goede brandstof was, toen ontstond er een ware olierush.'

Ik keek hem verbaasd aan en hij zei grinnikend: 'Lucky Luke nummer achttien. In de schaduw van de boortorens.'

'Zei je iets SB?' riep Hans en toen SB niet antwoordde vervolgde hij: 'SB, kom maar meteen met Inse naar boven, ik wil jou even spreken.' Het raam ging dicht, het gordijn werd rechtgetrokken en vlak daarop klikte de deur open.

Dinges zei 'hoi' en liep weg.

Inse wachtte in de deuropening tot SB kwam, maar SB zei: 'Mazzel Inse, ik ga wel een andere keer.' Hij pakte mij bij een arm en sleurde me mee de hoek om.

'Even spreken. Op z'n lul laten zitten zal hij bedoelen.' Hij stak een hand op en hield een taxi aan.

Om negen uur schudde SB me wakker en vanaf

dat moment liet hij me geen seconde met rust. Hij wilde zijn spullen bij zijn ex-geliefde ophalen.

'Schiet nou op,' zei hij de hele tijd ongeduldig, 'schiet nou alsjeblieft op, dan ben ik ervan af, begrijp je.' Zelf had hij zijn jas al aan. Onder zijn pet kwamen natte, frisgewassen haren uit en hij geurde naar zeep. We zaten aan de keukentafel, ik blies in mijn thee en hij floot en trommelde met een vork op de botervloot.

Ik at een beschuitje en hij stond naast mijn stoel, in zijn hand hield hij een tandenborstel met een sliert pasta erop voor me klaar.

Toen ik een handdoek uit de kast pakte keek hij zo teleurgesteld en zuchtte zo diep, dat ik maar niet douchte en Fa Oceaanfris deodorant onder mijn oksels spoot. Dat prikt verschrikkelijk op een ongewassen huid.

Snel liep hij voor me uit naar de tramhalte, draaiend en zwaaiend met een rol vuilniszakken alsof hij een majorette was. Op de halte bleef hij patronen zwaaien met de rol zakken en balanceerde over de stoeprand. Neuriede 'tararaboemdiejee'. Ik keek weg, zette mijn walkman op. Wat zal ik gaan doen als na de zomer de festivals ophouden. Ik had honger.

Na een halte of zeven stapten we uit en staken het zebrapad over richting Concertgebouw. Onze gestaltes werden bibberig weerspiegeld in de ruiten van de glazen corridor.

De hal, waar twee deuren op uitkwamen, was helemaal zeegroen betegeld en we slopen erdoorheen.

'Natuurlijke reactie hè,' grinnikte SB toen hij zag dat ik mijn hakken voorzichtig neerzette, 'in een milieu waar je niet thuishoort.'

We liepen naar de linkerdeur, die werd geflankeerd door twee glanzende koperen potten vol rietsigaren en paarse en zeegroen geverfde pluimen.

'Hij kon die dingen niet vinden in precies dezelfde kleur als de tegels, daar baalde hij van, joh,' grijnsde SB en maakte het bovenste slot los. Zijn blik viel op een envelop die tussen de deur en de deurpost geschoven was. 'SB' stond erop. Haastig maakte hij hem open en hardop las hij voor: 'SB. Je begrijpt dat je niet langer hier kunt wonen. Sleutel in de brievenbus graag. Alleen eigen spullen pakken. Dus niets jatten aub. Even goede vrienden.'

'Jatten.' Beledigd duwde SB de deur open, 'je hoort het, m'n ex-geliefde ziet me aan voor een potentiële ordinaire dief.' Bij de eerste stap over de drempel zakte ik weg in het varkentjesroze hoogpolige tapijt. SB ging in de huiskamer voor de B&O hifi-installatie op de grond zitten en zocht de cd's en bandjes die van hem waren uit. Hij aarzelde een ABBA-cd in zijn vuilniszak te doen. 'Wat vind jij, is het nou jatten of niet, om terug te nemen wat je iemand cadeau hebt gegeven? Maar als ik deze cd meeneem, moet ik eigenlijk alle cd's die ik van hem heb gehad laten staan. En dat zijn er wel een stuk of zevenentwintig.' Bedachtzaam draaide hij de ABBA-cd rond in zijn hand. 'Of hoef je in zaken die de liefde betreffen niet eerlijk te zijn? Dan neem ik gewoon alles mee. Je hebt tenslotte zo'n spreekwoord "In de oorlog en in de liefde is alles geoorloofd". En in spreekwoorden zit altijd een kern van waarheid, toch?' Hoopvol keek hij me aan. Ik zei dat hij daarvoor niet bij mij moest zijn, ik weet helemaal niets van spreekwoorden.

'Ik hoor het alweer,' zuchtte SB overdreven, 'ethische dilemma's zijn jou vreemd.'

Mijn maag knorde, ik besloot in de keuken iets te eten te zoeken, door dat jachtige gedoe van SB vanmorgen had ik maar een beschuitje gegeten in plaats van de drie die ik gewoonlijk neem.

Op het marmeren aanrecht stond een broodrooster die nog lauwwarm aanvoelde en daarnaast lagen vier in elkaar geschoven sinaasappelschillen. Alle keukenkastjes opentrekken vind ik erg onbeleefd in het huis van een vreemde. Gelukkig viel mijn oog op een blankhouten broodtrommel. Ernaast stonden minstens tien pakken Perla Mild Albert Heijn koffie, en op de vensterbank zag ik een grote, met halfblote engeltjes gedecoreerde zilveren fruitschaal gevuld met kiwi's, mango's, bananen. Er lag ook een exotische vrucht die ik niet kende, ellipsvormig met een oranjerode bobbelige schil. Uit een kastje boven het aanrecht dat toch op een kier stond, pakte ik kersenjam. Op de middelste plank bewaarde SB's ex nog zo'n dertig pakken Perla Mild koffie. Zittend aan de keukentafel, op

35

een van de met koeienhuid beklede stoelen, at ik met smaak. Net toen ik overwoog om toch in de koelkast op zoek te gaan naar melk en vleeswaren, riep SB.

'Kom eens in de slaapkamer! Kun je zien hoe gelukkig we samen waren! O nee hè!' voegde hij er ontzet aan toe, 'o nee!'

De vrucht met de bobbelige schil legde ik zo terug op de schaal dat je niet gelijk zag dat ik er een stuk uit had gesneden. Flauwzure smaak, niet echt lekker.

'Nou, wat wou je laten zien?' Ik plofte op het grote bed waar een fluwelen paarse sprei met glinsterende sterren op lag. Heerlijk zacht bed, ik was een beetje doezelig van het vroege opstaan en het ontbijt van zonet, ik zou hier zo een uurtje kunnen pitten. Behaaglijk rekte ik me uit.

'Ik had het kunnen weten. Hij laat er natuurlijk geen gras over groeien. De sloerie maakt met al zijn bilmaatjes zo'n poster, gadver de gadver.' Hij gaf een schop tegen een antiek uitziend ladenkastje, de kaarsenstandaard, in de vorm van een Griekse held die twee bakjes vasthoudt, die daarop stond viel om en de angorapoes die haar kop om de deur had gestoken, trok zich verschrikt terug. 'Jou pak ik nog wel, kutkat,' snauwde SB de poes na.

'Zal ik hem verscheuren, wat zeg jij ervan?' SB wees op de roze omrande poster die op de deur geplakt was. Het midden werd gevormd door een grote hartvormige foto van twee elkaar omhelzende blote jongens in softfocus. Onder het hart stond in sierlijke gouden letters 'Eternal Love'.

'Dat lijkt wel een echte David Hamilton,' ik bekeek de poster van dichtbij, 'is het een echte Hamilton? Wat zal dat wel niet kosten, zeg. Erg romantisch hoor.' Ik streek over de poster. 'Die letters zijn ook nog in reliëf!'

'Wil je godverdegodver je kop houden!' schreeuwde SB rood van ergernis, 'ik weet niet of het je duidelijk is geworden, maar hier hing altijd zo'n poster van hem en mij! Ik heb mijn hielen nog niet gelicht of hij heeft er een met zijn nieuwe hoerige reetkevertje!' Hij wilde de poster eraf rukken, ik kon hem nog net tegenhouden.

'Doe dat nou niet, een Hamilton, dat kost duizenden.'

SB zonk neer op het bed. Hij haalde zijn neus op. 'Het is geen David Hamilton. Het is van Albert Heijn.' Hij wees naar linksonder en daar stond inderdaad, heel klein, het AH-logo.

'Bij aankoop van tien pakken koffie kun je zo'n poster laten maken. De foto moet je zelf opsturen. Bijbetaling vijftien gulden.' Hij zocht onder de hoofdkussens, vond een doosje tijgerprintcondooms, en gooide die uit het raam. 'Dat wordt droogneuken voor ze vanavond.' Het leek hem niet op te luchten. Hij trommelde met zijn vuisten op zijn bovenbenen. Schreeuwde: 'Weet je hoe lang dat duurt, voordat je die poster krijgt thuisgestuurd? Drie tot vijf weken, dus dat betekent dat die achterbakse stiekeme relnicht...' Hij verborg zijn gezicht in zijn handen. Haalde zwaar adem.

37

SB ging plassen. Toen hij de deur dichtsmeet hoorde ik een ijselijke schreeuw van de kat, daarna snelle pootjes in de gang en geklepper van het kattenluik.

Hij ligt op mijn bed en staart naar de wereldkaart.

Het lijkt alsof hij niet merkt dat ik in de deuropening sta.

'Ik ga,' zegt hij zonder mij aan te kijken. 'Ik ga naar Schotland. Volgende week. In dit jaargetijde zoeken ze op landgoederen altijd wel mensen om te helpen bij de jacht. Aangeschoten herten op een paard sjorren. Eerst drie maanden de mannetjes neerknallen voor het gewei, daarna de vrouwtjes voor het evenwicht.' SB schopt zijn gympen uit. 'Zie je het al voor je?' zegt hij quasi-vrolijk, 'ik, ex-hoer, XTC-junk en flikker op zo'n hunting estate van een of andere rijke pief. Yes Sir, of course, your wish is my demand,' hij maakt een buiging, 'my ass is yours Sir, whenever you please.' Hij barst uit in gierend gelach en ploft terug op bed. Het lachen gaat over in snikken. Ik kijk recht tegen zijn sportsokken aan waarvan de tenen en de hiel donkerbruin zijn van het vuil. Wie moet die voor hem wassen als hij naar Schotland gaat. Ik ga naast hem liggen, streel zijn schokkende rug. 'Ik hou van je Sissy Boy,' maar het is alsof de schemering de woorden opslokt.

Sissy Boy kruipt als een kind tegen me aan. Met een vinger volg ik de lijnen van zijn droge lippen en we zoenen elkaar tot onze gezichten helemaal nat zijn van elkaars tranen en speeksel. Van speek-

sel krijg je het niet. Daarbij, ik weet niet eens of SB
het wel of niet heeft.

Maar ik neem het zekere voor het onzekere. Als SB
slaapt rol ik hem voorzichtig van me weg. Ik was
mijn gezicht grondig met desinfecterende zeep,
Unicura. Daarna breng ik een diepreinigend masker van Dr Van der Hoog aan en daarmee lig ik op
de bank, luister naar Candlelight. Ik probeer niet
met de liedjes mee te zingen want dan barst het
masker.

WIE ZEGT DAT DIE WOND AL DICHT IS

Mijn benen en rug plakken aan de plastic stretcher. Het is zo'n zesendertig graden. De dag voor ons vertrek belde ik Mental, de jongen met wie ik regelmatig in bed lig. Hij zat in een huisje van zijn ouders, met zijn ex en zijn kind, in Castricum aan Zee. Die dag was hij jarig.

Geruis. Op de achtergrond, heel ver: 'Wat? Hallo? Hallo?'

'Stefanie,' zei ik, 'gefeliciteerd.'

'Wat?'

'Gefeliciteerd, je bent toch jarig?'

'Ja.' De a knetterde. Het leek of Mental zijn adem inhield, afwachtend. Ja, sukkel, wie een portable heeft wordt achternagezeten. Een kind schreeuwde en een vrouwenstem riep 'ben je nou helemaal, geef...' Toen Mental: 'Ik kom zo.' En tegen mij: 'Hé Stef, ik zie je, hè.'

'Ik ga naar Turkije, met mijn ex.'

Weer geruis. 'Nou, ik zal je missen.'

Naast mij ligt een Turkse in een zwarte bikini. Ze gluurt naar me. Ik kijk haar strak aan. Staar dan naar de kronkelige zilverwitte zwangerschapsstrepen die boven haar broekje uit komen. Naar de stoppels op haar geschoren benen. Ik grijns.

Ze gaat zitten, haar buik rimpelt in vier dikke plooien. Ik druk me 's ochtends en 's avonds minstens vijftig keer op.

'Hassan!' roept ze naar haar zoon, een jongetje van een jaar of acht.

Arthur komt uit het water, Olle-Jan op zijn arm.

'Excuse me,' de Turkse knikt naar Olle-Jan, 'your son?' Het klinkt als 'joerson', met de nadruk op de eerste lettergreep. Ik doe of ik het niet versta, trek mijn wenkbrauwen op.

'Son, son,' herhaalt ze en wijst op mij en op OJ.

'Oh, son,' herhaal ik met een overdreven Engelse uitspraak. Ik wijs op mezelf, 'babysit.' Schuif mijn namaak Versace-bril uit mijn haar, voor mijn ogen. Een echte kon ik niet betalen, de vakantie was voor mijn rekening, maar hier zien ze het verschil toch niet.

Arthur snelt op zijn tenen naar de stretcher, het marmer rond het zwembad is heet. OJ strekt zijn armen naar me uit, wringt zich uit Arthurs greep, 'mama! mama!'

Arthur heeft liever niet dat ik ons kind OJ noem. 'Dat associëren mensen met die moordenaar,' zegt hij. Ik vind dat juist leuk.

In mijn ooghoek zie ik de Turkse weer naar me kijken. Ik neem OJ op schoot, lekker koud en glibberig. 'Ik ben een dikke vis!' roept OJ, 'ik ben een dikke dikke vis!'

Arthurs schaduw valt over mij heen. Het ergert me, ik weet niet waarom. Hij zucht behaaglijk en strekt zich naast me uit. De Turkse houdt ons in de gaten. Met zijn drieën onder de parasol en er kan niemand meer bij. Vanaf het moment dat ik mijn koffer in de Schiphollijn tilde, heb ik kramp in mijn polsen.

Niets te horen behalve het gesjirp van krekels in het dorre gras, achter de witte muur die het terras omzoomt. Het zwembad is verlaten, het water wacht rimpelloos.

Ik lees de biografie van de fotograaf Mapplethorpe, cadeau gekregen van Mental voor mijn verjaardag vorig jaar. Hij kwam niet op mijn feest want hij moest draaien in België, zei hij, met dj Dano. Hij gaf me het boek toen ik later bij hem langskwam. 'Daar, voor jou,' hij wees naar een plastic tas achter de bank. De naam Mapplethorpe kwam me vaag bekend voor, Mental had ik er nog nooit over gehoord. 'Leek me wel wat,' hij beluisterde een cd, koptelefoon op een oor.

'Heb je weer diep over nagedacht,' zei ik.

Hij grinnikte, wees op me met een oog dicht, 'jij drijft me nog eens tot het uiterste met al je eisen.' Lul eerste klas maar ik word zelden kwaad.

Aan de overkant liggen twee jongens in dezelfde zwembroeken, halflang met het Ralph Lauren-merkje op de rechterpijp. Dat kunnen die Turken niet betalen, het is namaak. Ik wil niet dat ze naar me kijken, die armoedzaaiers, ik sla een wikkelrok om voor ik opsta.

'Heb je alleen dat gele, hoeheethet, ding, bij je,' zegt Arthur. 'Ik zie je ook elke dag op die gympen.'

Ik heb me voorgenomen geen ruzie te maken. Ik drink niet, ik doe niets.

Een scherp sissend geluid, OJ laat voor de derde keer vanmiddag zijn zwemband leeg lopen. 'Ik blaas hem niet op,' zegt Arthur zonder zijn ogen te openen. Ik ook niet.

Ik werd wakker van de hitte. Een mug vliegt luid zoemend tegen de hor. Olle-Jan ligt naast me, bloot met een luier om, zijn benen en armen wijd gespreid. Minieme zweetdruppels op zijn neusvleugels, pieken haar kleven op zijn voorhoofd. Ik strijk ze achterover, hij voelt warm.

Arthur tandenknarst op de bank in de woonkamer. Hij lag de eerste nacht naast OJ en mij in dit bed en zei toen dat het veel te warm was, met zovelen in een ruimte. Zou het daar in Castricum ook te warm zijn. What the heck. Wachten achter de lijn, onze klanten willen privacy; het is mijn beurt gewoon niet.

Ik sta zo geruisloos mogelijk op. Het zeil plakt aan mijn tenen. Je niet afvragen wat je met het geld van de vliegtickets had kunnen doen. In de gang is het koel. Ik plaats mijn handen op het marmer en druk me dertig keer op. Doe tachtig sit-ups en druk me dan nog dertig keer op. Zweet drupt uit mijn oksels over mijn bovenarmen en loopt over mijn wenkbrauwen warm mijn ogen in. Mijn ademhaling wordt zwaarder.

In het Turks is marmer murmur. Grafstenen moeten hier relatief goedkoop zijn, van hier tot het dorpje passeer je al minstens vier steenhouwerijtjes. Ik wil thuiskomen met meer spiermassa.

'Wat doe jij nou?' Arthur, geïrriteerd, op een harde fluistertoon. Hij richt zich op. 'Kun je niet gewoon slapen? Jezus Christus, kun je niet eens ophouden met die onzin.'

Ik zie zijn silhouet op de bank in het tegenlicht. Geen ruzie.

46

Zachtjes haal ik adem en druk me nog een paar keer op. Ga dan de douche in.

'Niet douchen!' sist Arthur, 'dan wordt die kleine wakker!'

Ik draai de kraan boven de wastafel onhoorbaar een miniem stukje open, houd er een washandje onder en was mijn gezicht.

Mental was niet in België op mijn verjaardag, ik heb in zijn agenda gekeken. Dat hij me soms mist geloof ik wel.

De fietsenmaker in de Nicolaasstraat schijnt onvermalen coke te verkopen voor vijftig per gram. Onwaarschijnlijk goedkoop.

Ik sluip terug naar bed. Arthur doet of hij slaapt: zijn ademhaling is niet regelmatig genoeg. Van het aanrecht pak ik de zak winegums die OJ in de supermarkt in de kar gooide. Mishima pleegde ritueel zelfmoord nadat hij zijn lichaam in perfecte conditie had gebracht, die snoepte vast niet, denk ik als ik de vierde winegum in mijn mond stop en probeer mijn polsen los te schudden.

De lucht boven het meer waar ons appartement op uitkijkt, kleurt al zacht roodoranje, ik lig nog steeds wakker. Een metalen stem roept zangerig op tot gebed, uit het raam kan ik geen moskee ontdekken.

De partyboot vaart de volgende inham in. We maken een tochtje zodat we toch nog iets hebben gedaan behalve aan het zwembad liggen. Arthur bestelt een vierde flesje pils. Ik blaas de zwemband op, krijg pijn in mijn kaken. OJ legt een hand op mijn schouder en stapt in de ring.

'Niet weer leeg laten lopen,' waarschuw ik.

'Ik ben een vis,' zegt hij. Dat weten we nou wel.

Een Turkse dame in een paars zwempak, twee tafels verderop, naast een stapel modderige reddingsboeien, wenkt hem met een rol biscuits. OJ rent erheen, zijn armen met oranje zwemvleugels wijd boven de band.

Ze stopt een koekje in zijn mond, knijpt in zijn wang. Ik hoor hem weer zeggen dat hij een vis is, de dame lacht, stoot de vrouw aan die naast haar zit, die aait OJ over zijn bol. Daarna denk ik haar in zijn piemel te zien knijpen. 'Arthur!' ik stoot hem aan en zeg wat ik de vrouw zag doen. De boot wiebelt, zijn flesje schuift bijna van tafel, hij kan het nog net bij de hals grijpen. Dan zegt hij: 'Het zal jouw fantasie wel weer zijn.'

Zo'n kilometer of zeshonderd ten zuiden van deze badplaats zijn vier Nederlandse verpleegsters verkracht en met opengesneden keel in een ravijn geworpen. Daar is de bevolking toe in staat, hier. Arthur vindt mijn opvattingen meestal zeer ongenuanceerd. Zal ik om hem te ergeren dat verhaal vertellen?

Arthur spoelt een slok bier rond zijn kiezen en staart dromerig naar de in nevelen gehulde heuvels waar we langzaam langsvaren. Ik vermoed dat hij, zoals mijn oma zou zeggen, kennis aan een meisje heeft. Vanmiddag kocht ik een ijsje voor OJ. Arthur dacht dat ik niet op hem lette en gooide een ansicht in een brievenbus.

Het anker wordt uitgegooid, voor de vijfde keer deze middag. Ik zie geen enkel verschil tussen de baaien. Op het bord, bij de rederij waar we dit tripje boekten stond met zwarte viltstift geschreven dat we langs een kamelenstrand zouden komen en langs the Black Rock. Mijns inziens is dit niet het geval geweest. Zou het Arthur zijn opgevallen? Hij houdt zijn hand op en bestelt nog een Eves-bier. Werpt een blik op de kont van een geblondeerd meisje in een metallic roze bikini. Haar bovenstukje is zo klein dat je naast haar oksel een groot stuk van haar borst ziet. De tepels tekenen zich duidelijk door de stof af.

Ze trekt haar broekje uit haar naad en daalt het natte houten trapje aan de achterkant van de boot af, naar zee. 'Ik duik er ook even in,' zegt Arthur.

Weer zie ik de hand van de vrouw in het paarse badpak omlaaggaan. Ik haal OJ terug. Hij staat vrolijk te babbelen, iemand houdt hem een zak chips voor waar hij met twee handjes in graait. Ik til hem op. Hij begint te trappen en te schreeuwen: 'Ik vind het stom in Turkije!'

'Dat vinden we allemaal,' zeg ik.

Paprikapoeder en koekkruimels veegt hij aan mijn armen en buik. Veel mensen draaien zich om en kijken geamuseerd. Hier heb ik helemaal geen zin in. Ik zie Arthur borstcrawl doen in de richting van een blond hoofd. 'Arthur!'

Tegen OJ zeg ik: 'Jij gaat lekker zwemmen met pappie.'

Een bleek meisje met één arm geeft OJ een handje zonnebloempitten. Om het stompje zit een vaal-roze gehaakt hoesje. Liever heb ik niet dat OJ iets van haar aanneemt, wie zegt dat de wond al hele-maal dicht is. In zeewater gaan wonden vaak weer open, geel, geleiachtig vocht perst zich dan naar buiten. Ik pak de pitten van OJ af. Hij begint weer te schreeuwen.

Het eenarmige meisje probeert met haar hand haar topje recht te trekken. De vrouw die zij anne, moeder, noemt wil helpen maar trekt per ongeluk het hesje scheef. Een borst wordt ontbloot, ik zie blauwe adertjes en krullend haar om een tepel. Kokhalzend spuug ik het bier terug in de fles, het drupt over de hals. 'Wat doe jij nou?' zegt Arthur die weer tegenover me zit, zijn rug gebogen. Ik vraag me af of ik hem heb zien lachen, deze vakan-tie.

De zon zakt naar de bergen. Ik speur naar een horloge. De tocht zou vier uur duren.

De passagiers wisselen de plastic slippers voor hun eigen schoeisel en verlaten de boot. Ik had mijn gympen aangehouden, deed alsof ik de gebaren van de bemanning niet begreep. OJ vraagt of we nu naar de kamelen gaan kijken en naar de zwarte berg.

Arthur wil vis gaan eten. Ik kijk naar OJ. Als hij nog een keer zegt dat hij een vis is krijgt hij een klap. Arthur kijkt het geblondeerde meisje na, ze haakt in bij een jongen met een strakke leren broek. Werpt een blik achterom naar Arthur. Vieze hoer. Arthur kijkt naar mij.

'Heb je echt alleen maar dat gele, overgooier, ding, bij je?'

We lopen de berg op naar ons appartement, de lucht is bezaaid met sterren. OJ zit tevreden op Arthurs heup. 'Daar!' wijst hij, een vallende ster trekt een baan door de zwarte nacht.

'Je mag een wens doen,' zegt Arthur.

Ik luister naar de rubber zolen van zijn Timberlands op het kapotte wegdek. Nike en Reebok zijn het grootst op het gebied van vrijetijdsschoeisel, dan volgt Timberland. Binnenkort wordt in Zuid-Nederland een distributiecentrum geopend dat tachtig arbeidsplaatsen schept en binnen twee jaar, wordt geschat, het driedubbele. Die kutkrekels werken op mijn zenuwen. Een wens. Straks als ik in bed lig wordt de deur van het appartement opengerukt. Onder druk van het intensieve speurwerk van de politie zijn de verpleegstermoordenaars uitgeweken naar Bodrum. Daar zetten ze hun praktijken voort. Ik verzet me niet. Een van de mannen heeft aan elkaar gegroeide wenkbrauwen en een mee-eter op zijn wang. Deze details zal ik nooit kunnen navertellen. Weer toeriste vermist in Turkse badplaats. Na een half jaar wordt mijn onthoofde lichaam gevonden in een drooggevallen waterput. Arthur laat mij hier ter aarde bestellen, dat scheelt door de lage marmerprijzen aanzienlijk in de kosten.

Je kan die fietsenmaker in de Nicolaasstraat vast

niet zomaar opbellen, dat zal wel weer via via moeten. Wie vertelde me dat verhaal?

OJ stopt zijn Ernie-pop, een politieauto met zwaailichten en mijn tampons in zijn Jip en Jannekekoffertje. Hij gaat op vakantie, zegt hij, 'en jullie mogen niet mee.'

'Olle,' Arthur wappert met een ansicht waarop een afbeelding die ik niet goed kan onderscheiden en in goudkleurige, krullende letters Bodrum by Night. 'Olle, teken jij iets leuks voor oma?'

'Heb je toevallig meer kaarten?' vraag ik, 'kan hij er ook een naar mijn moeder sturen.'

'Helaas,' zegt Arthur quasi-luchtig, 'niet aan gedacht, ik heb er maar een gekocht.'

'Ik ben Tyrannosaurus Rex,' Olle laat zijn tanden zien. 'En de politie gaat jou pakken.' Hij verdwijnt met zijn koffertje in de badkamer.

Ik hoop dat hij niet het gebit van Arthur krijgt; veel tandvlees zichtbaar bij het lachen, dat maakt een dommige indruk.

De vliegreis terug hield ik me slapende.

Het lukte Arthur niet zowel zijn bagage als OJ te dragen, ik ging mee naar zijn huis en sjouwde zijn plunjezak.

OJ rustte met zijn hoofd tegen Arthurs schouder. De hele weg in lijn veertien hoorde ik hem zacht snurken. Hij heeft grove krullen en mijn lange warrige wimpers, waardoor vaak wordt gedacht dat hij een meisje is. Het kuiltje in zijn kin komt niet in mijn en ook niet in Arthurs familie voor. Arthur zei eens dat hij denkt dat ik al lang voor OJ's conceptie met Mental vree. Daar ga ik niet op in.

'Nou, wij gaan slapen... Dag, dan maar,' zegt Arthur tegen mij en legt OJ op de bank, zijn voeten in oranje All Stars bungelen over de zitting.

Hij loopt naar de telefoon en belt een vriendin om te vragen hoe het met de katten gaat die zij heeft verzorgd.

Ik kijk de kamer rond. Ooit was dit ook mijn huis. Nu lijkt het zo klein, zo smal. Onder alle deuren zitten kieren omdat Arthur nieuwe drempels wil maken.

'Dag OJ,' zeg ik zacht en kus hem op zijn wang.

'Olle-Jan,' zegt Arthur.

Arthur lacht in de hoorn, ziet niet dat ik als groet mijn hand opsteek.

Ik zit thuis op de bankleuning en staar naar mijn koffer. Zal ik hem nu uitpakken of straks.

Ik ben blij dat de bel gaat: Oscar, met zijn skateboard onder zijn arm.

'Hé!' hij stampt de trap op met zijn donkergroene Converse. Heerlijk die koele buitenlucht die hij meebrengt en die geur van uitlaatgassen die altijd om hem heen hangt. Hij werkt in een garage.

Hij begint te ratelen: 'Hoe was het? Goed voor de kleine, dat hij ziet dat papie en mamie met elkaar overweg kunnen, belangrijk voor die hummels.' Hij ploft wijdbeens op de bank, het kruis van zijn spijkerbroek komt tot halverwege zijn boven-benen. Meteen veert hij weer overeind en gaat naar de keuken, trekt de ijskast open: 'Heb je geen biertje?'

Hij komt terug, legt de Van Dale op de grond en probeert er met zijn board overheen te wippen. Ik kijk naar zijn pupillen; groot. Hij lacht. 'Tof met een lijntje, gaat goed, je durft alles.' Oscar was het, met dat verhaal over die fietsenmaker.

Hij vraagt of ik meega naar de halfpipe, we ska-ten daar alleen 's avonds, we houden niet zo van publiek, soms gaat een backside air niet eens lek-ker. De fles Turkse wodka die ik op het vliegveld heb gekocht, stopt hij in zijn rugzak.

We kicken over de weg, hard, lekker, dat geratel van die wieltjes. Oscar slalomt en houdt beide voe-ten op het board. 'Sliepen jullie in één bed?' schreeuwt hij achterom, 'jij en Arthur?'

'Ik en OJ!'

Hij slaat bij Slagerij Van Emmerik de bocht om, de panden van zijn jack wapperen. Ik heb geen pijn in mijn polsen, ik ben mijn kniebeschermers vergeten maar ik wil met twee zijwielen de stoep op en dat zal lukken, het stoplicht is rood en we rijden door.

EENTJE DIE BOKST

'Zulke spinnen,' Jeroen wijst de grootte aan van een suikermeloen, 'zo, vet, grijs, harig. En die schieten ze dan.'

Ik pak een krant, lees de koppen. Een Hollander die mij komt vertellen wat er in Suriname gebeurt. Jammer dat ik geen *tjoeri* kan maken.

Jeroen is net terug uit Paramaribo, waar hij in opdracht van *de Volkskrant* een reportage maakte over de verkiezingscampagne van de ndp.

Ik ben er nog nooit geweest. Binnenkort vertrek ik voor een paar maanden, ik ben een boek aan het schrijven, onder andere over een van mijn oudere broers die via Frans-Guyana coke het land in smokkelt.

'En als je misschiet,' vervolgt Jeroen, 'springen ze gewoon op je af.' Hij rilt, kijkt mijn kamer rond of er zo'n beest loopt. Denkt hij dat ik daardoor vertederd raak?

Een beetje jongen is niet bang voor een spin. Zodra ik me erger krijg ik kramp in mijn schouders.

Jeroen ligt op mijn bank en trekt zijn smoezelige sportsok tussen zijn tenen vandaan. Zijn rug is een beetje krom, dat is zo niet te zien.

Jeroen is zeker niet onaardig, maar ik heb hem tijdens ruzies ettelijke malen onderuitgeschopt en in bed, af en toe slapen we samen, durf ik hem nauwelijks stevig te omarmen omdat ik meen zijn longen te horen piepen. 'Onzin,' zegt hij, maar ik voel me bij hem niet veilig. Jeroen vindt sport voor dommekrachten. Ik kickboks al jaren en jog zes keer per week. 'Je lijkt wel een gozer met die rare poten,' zegt hij soms misprijzend. Klets maar, ik doe alles alleen.

'Ik ga op spinnenjacht,' zeg ik, 'en ik schiet raak.'

Jeroen barst in lachen uit, rolt bijna van de bank. 'Altijd bluffen, die negers. Ja hoor, jij gaat een spin schieten, je durft niet eens langs een lieveheersbeestje te lopen.'

Je wordt kaal. *Kis i moy.* Juist gezien, altijd bluffen.

Doe mij zo'n neger. Bestudeerd nonchalante loop, koele blik, en de dikke sensuele lippen strak op elkaar. Een bokser, van boksschool Albert Cuyp. Het rode zijden broekje valt soepel over de harde kont. Mijn blik dwaalt omhoog, over de glanzende plooien, over de brede elastieken band, verlicht door de schijnwerpers boven de ring. Stof lijkt omhoog te dwarrelen door de banen licht, in afwachting van zijn victorie. Heel zacht, knerpend, de dribbelende voeten op de blauwe mat. Honderden mensen houden hun adem in. Mijn neusvleugels trillen, diep snuif ik de scherpe geur van transpiratie op, ik voel zijn adem in mijn buik. De bokser draait zijn schouders los. Je weet niet waar, maar ze verschijnen, altijd onverwacht, de golvende spierkabels onder de donkere huid van de rug. Maak je geen zorgen, Janine, stresskonijn, ik ben tot de tanden gewapend, lijkt hij te zeggen.

Ik sta op, mijn schaduw over Jeroens hoofd en schouder.

We hebben elkaars huissleutel, maar die gebruiken we zelden. Niemand in verlegenheid brengen is de afspraak.

Gisteren, de dag van Jeroens thuiskomst, ben ik zijn huis in gegaan. Voor de televisie lagen sokken, sommige binnenstebuiten gekeerd, en een Nutswikkel. Mijn moeder zegt altijd 'aan rommel zie je dat er in een huis wordt geleefd'. In mijn eentje tussen andermans troep vind ik er niets aan.

Ik neusde door de papieren die op tafel lagen.

'Afzender Jacqueline', geschreven met vulpen in zwierige zwarte letters, stond achter op de gele enveloppe, hij voelde stroef aan in mijn zweterige handen. De brief was eruit gehaald. Kom dan thuis. Ik ben niet bang, slapjurk, ik mag hier zijn, afspraken moeten zwart op wit staan, stilzwijgende overeenkomsten aangaande het gebruik van sleutels hebben geen rechtsgeldigheid.

Zweet op mijn voorhoofd, een bonkend hart. Blaas uit, een twee drie, adem in, nooit verantwoording afleggen, doen waar je zin in hebt.

Ik luisterde het antwoordapparaat af. 'Joenie, ben je er al, Joen! Neem op...' Gegiechel en nog een keer 'Joeniepoenie...' Hij heeft haar dus ook niet verteld hoe laat hij arriveert. Geheimzinnig

59

doen. Ongebonden. Staat cool, denkt hij.

Zou ik het leuk vinden als een jongen mij Janinepien noemde?

Ik ging op de bank zitten. Stoffen banken voelen vaak verrassend koel. Hier zit Jacqueline vast ook regelmatig. Schoenen met hakken want dat vindt Jeroen elegant, benen opgetrokken.

Jeroen houdt van 'pittige' meiden. Bestaat er een truttiger woord dan 'pittig'? Hop, bouw de natie op, schouders eronder!

Ze heeft vast een vrolijke mond en gouden oorbellen. Jeroen eet een broodje filet américain, zij veegt een stukje vlees van zijn lippen, kust hem en zegt dat hij naar ui smaakt.

Jeroen smaakt altijd naar ui. Kom op Jacqueline, maak dat het ertoe doet. Maak me jaloers.

Toen Jeroen en ik elkaar pas kenden zei hij eens, mijn hoofd tussen zijn handen: 'Je hebt een echo in je ogen.' Dat vond ik mooi en ik werd warm en heel verlegen. Hij denkt er nu vast anders over. De laatste keer dat ik een blauwe plek op zijn scheenbeen trapte, in de vorm van een teddybeer zonder hoofd, noemde hij me een bimbo. Ik schiet in de lach; Jeroen wordt kaal. Als hij tussen je dijen ligt, kun je de haren bijna tellen.

De telefoon rinkelde, ik schrok op uit mijn gedachten. Het toestel staat op de grond, naast de cv. Jeroen maakt de hoorn heel vaak schoon. Omdat er oorsmeer aan komt, zegt hij. Truus de Mier. Wanneer Jeroen hier is borrelt het water niet zo luid door die buizen. Zou ik opnemen? Dat zou hij zeker niet goedvinden. Kan mij het schelen. Ik heb de sleutel.

'Janine,' zei ik. Iemand zweeg en hing op.

Ja, jij, vrolijk keek ik naar de gaatjes in de hoorn, Jacqueline, jij hebt door het kringelsnoer, links-rechts de bocht door, in mijn oor geademd. *Eat my heart out*, pittig ding. Ik stond op en zakte door mijn enkel, mijn voet sliep.

Ik vertel Jeroen dat Ronnie Brunswijk een huis in de jungle heeft, met wel twintig vrouwen. Af en toe vertrekt er een, waait er weer een nieuwe aan. Soms staat er een woeste man aan de deur die zijn eega terugeist. Die slaat Ronnie gewoon het erf af, opsodemieteren.

Daar wil ik tussen zitten.

'Gewoon op de bank ploffen en je laptop in-pluggen, zeker,' schampert Jeroen.

'Tuurlijk, dat valt Ronnie toch niet op, wie er wel is en wie niet.'

Jeroen slurpt het restje Chocomel op. Ik weiger dat voor hem te kopen, hij neemt meestal zelf een fles mee.

'Moet je wel hotpants aantrekken,' zegt Jeroen, 'daar houdt Ronnie van, en mee naar boven als hij met zijn vingers knipt, jij daar, broekje uit van-avond.'

Ik wimpel zijn woorden weg, kijk naar het don-kerbruine stroperige bezinksel in de fles Chocomel.

'Moet je ook je benen scheren,' gaat Jeroen verder, 'vindt Ronnie niet lekker hoor, die haren op je knie.'

Nog even. Jij miezer. Jij komt binnenkort nergens meer aan.

'En op intelligente gedachten is Ronnie ook niet te betrappen.'

Ik omlijn mijn lippen, deze lipliner is iets te licht, het effect is weinig ordinair. 'Met dat lichaam van Ronnie heb je geen hersens nodig.' Ik hap mijn lipstick af.

Jeroen veert van de bank. 'Nou, ik geloof dat het er hier niet gezelliger op wordt.'

Hij schiet zijn Nike-windjack aan. Geen gezicht, Jeroen in sportkleding. Hij bukt, speurt de grond af en de zitting van de bank, stopt iets in zijn zak. Kijkt naar mijn verbaasde gezicht en grijnst: 'Ja, jij bent zo chagrijnig, straks ga jij natuurlijk winti op mij doen, ik zorg dat er hier geen haar van me ligt.'

Hij loopt lachend achterwaarts de kamer uit. Tast achter zijn rug naar de deurkruk, opent de deur op een kier en stapt er snel door. Slaat een kruis.

Op de trap hoor ik hem nog grinniken. 'Geniaal boek wordt dat,' roept hij, 'spinnen schieten en Brunswijk pijpen!'

Ik hoop dat hij met zijn grote, merkloze gympen achter de losse vierde trede van boven blijft haken, dat zijn handen tevergeefs houvast zoeken en hij naar beneden smakt. Ketketketket, bonkt zijn achterhoofd op het harde ruwe hout, nog een trede, nog een trede en nog een, tot waar zijn voet daarnet wegslipte. Er steekt een roestige spijkerkop uit het rotte hout. Hij voelt een trekkende pijn. Warm loopt het bloed zijn hals in.

Een aangename trilling in mijn buik, ik leg mijn hand erop.

Jeroen klikt de buitendeur open.

In de slaapkamer doe ik mijn jeans uit en ga voor de passpiegel staan. Ik trek mijn Björn Borg-shorts hoog op, zodat een stuk van mijn bil vrijkomt.

Kijk, kijk haar die tere draaien, *whaddaya-think* Ronnie? Met geloken ogen tuur ik door mijn wimpers over mijn schouder, wenk, strijk over mijn heup. Stuur die andere negentien dames maar naar huis. Kom hier, achter me, leg je handen op mijn bovenbeen, je ruikt lekker, voel je die *groove?*

Brunswijk zegt dat hij ongeveer honderd kinderen heeft verwekt. Mijn vader beweerde ook zo veel nazaten te hebben. Pa's uitspraak is niet op waarheid te controleren, ook al leefde hij nog.

Maak me week. Ineens drukt hij zich dichter tegen me aan, ik voel zijn harde buikspieren, zijn adem lauw in mijn hals.

VAN DUITSCHEN BLOET

Een zwarte Jaguar rijdt langzaam door het stille West-Vlaamse dorpje. Keert, en stopt naast de stoeprand. Het raampje zoeft omlaag. De bestuurder, hand met een brede gouden schakelarmband aan het stuur, fluistert met Vlaamse tongval: 'De sporthal, weet u die?'

'Geen idee.' Ik spreek duidelijk Nederlands. Wie deze wedstrijd voor zwaargewichten gaat winnen moge duidelijk zijn.

Het is verrotte koud, ik blaas in mijn palmen en trek de mouwen van mijn jack over mijn handen. Mijn moeder en Gabi zullen de kerstmaaltijd wel achter de kiezen hebben en nagenieten met een Irish coffee.

Op de achterbank gluren twee dikke jongens mij aan door de ruit. Ik steek mijn hand op, de ene met het gemillimeterde haar blikt verlegen naar zijn dijen, strak omhuld door een glanstrainingsbroek.

Rechtsaf bij de kerk, had de stationsbeambte gezegd, ik steek het keien pleintje over. In een nis in de muur van het kleine kerkje staat een stal. De poppetjes zijn van hout en Maria's linkerzij is gebarsten.

Meer auto's passeren. Bijna alle komen weer terug, zoekende bestuurders buigen zich over het dashboard, passagiers turen uit de beslagen ramen het donker in. Er is veel belangstelling voor deze jaarlijkse wedstrijd, had ik van Yorick gehoord.

Een Mercedes stopt. De tengere jongen achter het stuur veegt een lok haar weg voor de groene glazen van zijn vliegeniersbril. Voordat hij het portier opent schud ik vriendelijk 'nee'. Zoek het uit.

Hij lacht en maakt een boksbeweging, de kraag van zijn grijze leren jack is vettig. We zullen jullie krijgen.

Ratelend over de keien komt een heertje op een hoge, onverlichte fiets de bocht om, hoedrand diep over de wenkbrauwen. 'Boksmatch?' vraagt hij aan mij, en zonder op antwoord te wachten, aan de bestuurder van de Mercedes: 'Boksmatch? Volgt mij maar.' Hij mindert geen vaart, alsof het tegen spertijd loopt en hij nog een bloedkoralen oorbel voor eieren moet ruilen trapt hij door, midden op de weg.

Achter hem, langzaam als een volgstoet van een begrafenis, de Mercedes en drie andere auto's. Waar bemoeit dat oudje zich mee.

Naast een zeildoeken standje, beplakt met posters die de boksmatch aankondigen, staat Yorick, mijn vriend uit Gent. Hij zwaait, ik zwaai terug. We kussen niet vandaag.

Yorick buigt zich over tafel. Haalt uit de uitgescheurde steekzak van zijn camouflagejack een perskaart die zeker al twee jaar niet meer geldig is, hij is destijds ontslagen bij de Kortrijkse Courant wegens 'onzorgvuldig omspringen met de feiten'.

Dat is eufemistisch uitgedrukt. Hij had, vermoed ik, een artikel over corruptie binnen het Amsterdams politiecorps van begin tot eind verzonnen. De Kortrijkse had een rectificatie geplaatst hoewel ze niets konden bewijzen. Daarop was hem door andere, vooraanstaande Belgische en Nederlandse kranten en tijdschriften, ook de wacht aangezegd.

Hij ging in inkomen achteruit van zo'n zesduizend schoon per maand tot uitkeringsniveau. Het was een subliem artikel. Er werd een agent in geciteerd die zich liet pijpen door een meisje van zestien in ruil voor bij dealers in beslag genomen coke. Dialoog is een sterk punt van Yorick.

Hij had het stuk geschreven de nacht nadat we bij mij thuis, onder het genot van een fles Jack Daniels Black Label en twee flessen Chablis, voor de vijfde keer *Bad Lieutenant* hadden gezien, onze favoriete film, met Harvey Keitel in de hoofdrol.

'Deadline,' zuchtte hij tijdens de aftiteling. Hees zich uit de bank en ging naar het toilet. Later zag ik dat hij naast de pot had geplast.

Yorick ontkent nog steeds dat hij de boel heeft belazerd. Geweldig vind ik dat: liegen tot je stijf staat maar nooit opgeven.

De vrouw, haar witte hoofdhuid duidelijk zichtbaar onder de getoupeerde haren, gaat met de punt van haar bic langs een lijst namen waar Pers/Officials boven staat.

'Da mi dede k'ba!' Ik hoor schaterlachen en meer wijsheid in het Sranang. Een stuk of vijf Surinaamse jongens, in identieke trainingspakken – donker-blauw Adidas –, gaan de sporthal in. Witte en zwar-te Nikes roffelen de stoep op. More and more Dutch enter the Flemish countryside!

In de hal verkoopt een kleine man loten voor de tombola, hij draagt een roodwit mouwloos vest met 'Meubel Paleis Astrid' in plakletters op de achter-kant. De hoofdprijs, een veel te hippe mountain-bike met een paars metallic frame, staat achter in de hal op een verhoging, geflankeerd door twee sanseveria's in aardewerken potten. De bladeren glanzen onnatuurlijk in het tl-licht.

Yoricks kaken staan strak en hij knippert niet met zijn ogen: 'Wallijn heeft zeker vijftien partijen gewonnen door knock-out in de eerste ronde.'

Mijn beste vriendin zit met haar Marokkaanse geliefde in Tanger en mijn moeder belde me vori-ge week om te zeggen dat ik niet welkom was bij het kerstdiner van Gabi, mijn zus. Gabi's jongste dochter zit op een LOM-school. Tijdens een woor-denwisseling, ik weet niet eens meer waarover, snauwde ik dat ik me dood zou schamen als mijn dochter zo dom was. Ik belde haar nog dezelfde avond en zei dat ik dat niet zo had bedoeld. Stilte. 'Denk maar eens na voordat je wat zegt. Ik heb je vaak genoeg gewaarschuwd.' Zonder groeten hing ze op.

Wallijn, de Belgische titelhouder, zijn gezicht half in de schaduw van de capuchon, komt op, in loop-pas, geflankeerd door twee trainers. Een metalen

House-dreun doet de vloer trillen. Ik druk mijn schoenen het linoleum in; wij zullen niet wijken.

Ja! Hier zijn we! Ik knijp mijn handen samen. De Hollandse uitdager Netanyau volgt. Loopt langzamer. Ik probeer zijn blik te vangen. Kijk me aan, we pakken ze, we lijven ze in. Hij staart naar de vloer, draait zijn nekwervels los. Ik doe het ook, rol mijn hoofd in mijn nek heen en weer. Een roodharige Belgische in een Dolce & Gabbana krijtstreepkostuum kijkt me aan met opgetrokken mondhoek. Lippen donker gestift. *Spread out your little cave, bitch.* Netanyau wil jou toch niet.

Een paar Belgen scanderen iets, ik versta ze niet.

'Monkey, roepen ze,' grijnst Yorick. Hij zit onderuit, handen tevreden op zijn buik. Het spleetje tussen zijn tanden lijkt breder dan anders. Brutaler. Gemener. Wat heb ik ooit leuk aan dat spleetje gevonden. Hij is mager. Sport niet.

'Toch lekker drieduizend frank verdiend,' zei hij toen hij keek welke plaatsnummers we hadden. Wees maar trots op die mentaliteit.

De scheidsrechter, een veeg geronnen bloed schuin over zijn overhemd, zeker van een van de b-gevechten die in de vooravond plaatshadden, houdt de twee landsvlaggen vast.

Yorick zingt luid het Vlaamse volkslied mee. Netanyau rolt beheerst een voor een zijn voeten af. Win, win, instrueer ik zijn middenvoetsbeentjes.

Het groepje Surinamers joelt mee met het Wilhelmus. De langste, haren ingevlochten met gele kraaltjes, breakdanst op het ritme, schokt zijn

71

lichaam als een robot alle kanten op. De jongen naast hem mimet de tekst en doet of hij scratcht. Het woord 'bloet' herhaalt hij razendsnel een aantal keren, slaat een been over het andere en draait een pirouette, verbazingwekkend soepel op zijn grote Air Max. Hij knipoogt naar me.

Yorick heeft mijn blik gevolgd en ziet mij lachen.

'Waarom is het toch dat negers altijd moeten opvallen?' Ga toch weg. Onze cultuurverschillen zijn onoverbrugbaar. Ik versta je niet eens.

Wallijn en Netanyau tikken elkaars handschoenen aan. Wallijn duwt zijn bit recht. Ik krom mijn tenen in mijn pumps.

Zijn er sterren boven Vlaanderen? Terug in de trein wordt mijn gezicht weerspiegeld in het donkere raam.

Netanyau maakte geen schijn van kans. Vier ronden weerde Wallijn stoten af zonder inspanning. De vijfde ronde deelde hij een aantal harde rechtsen uit trefzeker klaarheid geen gemier. Ik hoorde het neusbot kraken. Donker glanzend bloed, vermengd met zweet, droop over Netanyau's lippen.

Apathisch stond hij in de blauwe hoek, de coach sprietste water in zijn mond, een ander depte het bloed van zijn lip, knoopte zijn handschoenen los. Wat zijn die veters lang als je graag terug wilt naar de kleedkamer. Of terug naar het stationnetje.

Wallijn beende op hem af, met zijn lange behaarde kuiten, wees op de neus, 'gebroken?' De coach knikte, Wallijn wipte onder de touwen door, 'Yoah!' gebalde vuisten de lucht in.

Het meisje in het krijtstreep kostuum applaudisseerde en lachte naar Yorick. Neem maar. Er ist zu haben.

Mijn maag knort. Thuis heb ik twee flessen dure Zuid-Afrikaanse wijn, voor het geval Gabi zou bellen, 'kom toch gezellig'.

Toen we klein waren vierden we kerst met zijn drieën. Gabi en ik zaten op onze knieën voor de salontafel en knepen een sinaasappelschil uit in een kaarsvlam. Dat knetterde en rook heerlijk. Ma zat met gesloten ogen naast de radio en luisterde naar een mis, het zachte licht omsloot ons.

Twee Nederlandse jongens, op de bankjes aan de andere kant van het gangpad, eten friet en stoeien met een grote hond van smoezelige, lichtblauwe teddystof. De jongen met de Ajax-shawl als een stropdas omgeknoopt, duwt een patatje met mayonaise tegen de vilten tong van het dier.

De laatste trein richting Gent, overstappen richting Brussel, dan hoop ik om een uur of twee, half drie vannacht thuis te zijn. Een dikke klodder mayonaise valt op de vloer, spetters komen op de neus van mijn pump. Nog uren door vijandelijk gebied. De trein piept over de rails, een hoge heksenlach.

ROTBEESTEN VOOR HUNTER

I.

Hunter trekt zijn speelgoedbuggy achter zijn rug voort, Aardvark hangt er half uit.

'Pijn in mijn buik,' zegt hij zonder op te kijken van zijn nieuwe schoenen. 'Nikes,' zei hij tevreden toen we ze kochten. Ze zijn merkloos en van de Bata; ik kon niet meer pinnen en met het geld dat ik nog heb wil ik cocaïne kopen als presentje voor Frank, naar wie ik morgen toe ga in België, Watou, waar het festival van poëzie en beeldende kunst wordt gehouden. Initiatief van Franks ouders.

'Hé!' hoor ik, en zie Berend uit een Jamin-winkel komen. Ik ken hem uit tram zeven, van een paar weken terug, op weg van de crèche naar mijn huis met Hunter die waterpokken had. Hij zat op het bankje achter me, leunde naar ons toe met zijn grote bos krullen en zei 'hij heeft het te pakken'. Ja, heel scherpzinnig. Ik knikte nauwelijks merkbaar en keek voor me uit. De jongen, zeker eenmeternegentig, stak zijn hand uit en zei: 'Berend Woudsma, ik schrijf kinderboeken.' Het klonk niet ijdel en ik vond die botte introductie grappig. Daarna bestudeerde hij Hunter aandachtig, lachte naar hem en zei dat hij weekendvader was. Daar hadden we iets gemeen. Ik zei dat ik Hunter net van de crèche had gehaald en dat mijn deel van de week nu was ingegaan.

Berend scheurt een Jaminzakje open en presenteert gele lolly's, ik neem er een, Hunter schudt nee. 'Dorst', zei hij vanmiddag en nam een pak Chocomel mee naar zijn kamertje. Na een uurtje ging ik kijken wat hij uitvoerde en vond het lege pak op het kikker-tapijt.

De mouwen van zijn geruite jack zijn veel te lang, ze hangen over zijn handen en over de handvatten van de buggy. Zijn vader heeft het gekocht, die kent Hunters maten niet uit zijn hoofd, dat ergert me.

Enthousiast vertelt Berend over zijn verzameling Michel Vaillant-strips, en dat hij nu de hand lijkt te kunnen leggen op een zwartwit exemplaar, een piratenuitgave.

De lolly smaakt lekker, naar citroen en cactus. Ik zeg dat ik morgen in een helikopter ga vliegen met Panamarenko. Een helikopter! Ik verheug me al de hele week.

Toen ik last had van sombere buien droomde ik vaak dat ik kon vliegen. Met mijn armen als vleugels scheerde ik over de daken. Wanneer ik wakker werd wilde ik niet opstaan.

Opeens hoor ik luid geklingel en iemand schreeuwt 'van wie is dat kind!' Gehuil dat ik uit duizenden herken. Hunter ligt op de stoep, naast een afvalbak van McDonald's. Aardvark in de buggy kijkt me verwijtend aan. Lijn twee rijdt langzaam door.

78

Als Hunter al lang in bed ligt sluip ik de slaapkamer in. Zijn wangen zijn rood, zie ik zelfs in de schemer, en zijn wimpers plakken in piekjes bijeen van de warmte. Hij ruikt altijd heerlijk zoet in zijn hals. In een plooitje, vlak onder zijn oorschelp – zo zacht, met kleine blonde haartjes – ontdek ik een moedervlekje dat ik nooit eerder heb gezien. Zijn vader. Kent zijn vader dat vlekje, opeens wil ik dat weten.

Misschien op zo'n zelfde moment: rond een uur of half elf, fantaseer ik, zat hij naast de kachel, met een flesje Grolsch, te mijmeren in de schemering. Slechts het geluid van de wakkerende vlammetjes en de raspende tong van de kat die de laatste vastgekoekte brokjes uit de bak likte. (Die groene aardewerken, met een scherf eruit omdat ik hem bij het afdrogen op de tegelvloer had laten vallen.) Hij wilde zijn zoon, onze zoon, zien, en sloop op kousenvoeten de trap op. Voorzichtig duwde hij de slaapkamerdeur open. Boog zich over het race-autobed.

Toen hij Hunter gisteren bracht, hem van de fiets tilde en in het portaal zette – nee, absoluut geen tijd voor koffie – zoende hij me op de mond. Ik heb liever niet dat hij dat doet. Ik ken zijn smalle lippen en het schuren van zijn altijd ongeschoren huid nu al acht jaar. Sentimentele trut die ik ben. Emoties loskoppelen van herinneringen, neurolinguïstisch programmeren, dat is in de mode.

Tegen half twaalf belt Frank. Hij komt nauwelijks uit zijn woorden van het lachen. Of ik nog van
plan ben te komen. Daarna vraagt hij hikkend of ik
iets wil weten over het sexleven van Panamarenko.
Deels door de slechte kwaliteit van zijn GSM, deels
door zijn gegiebel, versta ik niet veel behalve 'witte
onderbroek' en 'woont nog bij zijn moeder van
vijfentachtig' en 'dat fotografeert hij dan!' Hij
krijgt een hoestbui van het lachen. Om te vermij-
den dat hij het hele verhaal nog eens vertelt zeg ik
dat ik Hunter in bed hoor hoesten en hem een
slok water moet geven.

3.

Na vijf uur in de trein sta ik eindelijk op het stationnetje van Poperinge. Nu nog naar Watou, het
piepkleine dorpje op de Franse grens.
    Frank zal me afhalen met de auto. Ik word al
moe als ik aan zijn grappen denk. Het stations-
plein is leeg, het regent zacht. Bij de bushalte staat
een jongen met een gerafelde camouflagebroek.
Hij keert zijn rug naar me toe.
    Ik ga het café in dat aan het plein ligt. Bestel een
witte wijn. Een man in een knalgeel overhemd
drinkt zwijgend grote pullen bier. De laatste trein
terug naar Amsterdam gaat om negen uur.
    Na zes glazen wijn op een lege maag ben ik
draaierig en bel Frank.
    'Hoe lang zit je daar al? Waarom bel je niet eer-
der?'

4

'Deze is voor ons,' Frank zwaait een deur open op de eerste verdieping van de villa waar de organisatie onderdak heeft. De kamer is leeg op een bed en een stoel na. Het dekbed heeft geen hoes. Zal ik naar bed gaan, zeggen dat ik moe ben. Nee, dat gelooft hij niet, het is nog maar half negen.

'Kom op, wegwezen, aan de zuip,' zegt Frank.

We lopen het cafeetje naast de grote kerk binnen en schuiven aan bij een man en een vrouw, medewerkers van Panamarenko. Frank stelt ze aan mij voor maar ik onthou alleen de naam van de man, 'Sacks met ck,' zegt Frank.

De vrouw, met lichte, ver uit elkaar staande ogen, drukt een peuk uit in haar biefstuk. Duwt haar bord opzij. Een mes glijdt van tafel op haar schoot, ze merkt het niet. Ik vraag me af of Frank zijn polsen nog eens doorsnijdt, daar dreigt hij altijd mee als hij depressief is.

Sacks draagt witgeverfde schoenen, het bruin schemert er bij de tenen doorheen. De veters hangen los. Zijn ondergebit is verguld, omdat hij rode wijn drinkt hebben alle gouden tanden een donkere rand. Frank die op een alcoholprogramma is bij zo'n Jellinek, kijkt of zijn ouders niet in de buurt zijn en fluistert dat ik telkens twee wodka's tegelijk moet bestellen.

We dronken veel, heel veel, ik moest kotsen, leunend op Frank ging ik naar het toilet, maar toen ik boven de pot hing was de misselijkheid over.

Frank vraagt of ik nog coke bij me heb, 'vergeten,' zeg ik. Ik was toch te gierig geweest om het
voor hem te kopen.

5.

Ik tast naar de fles water. Ik heb pijn in mijn hand.
Heb ik misschien gevochten. Ik leun over Frank
heen, maak hem klaarblijkelijk wakker. Hij mompelt en kucht, rolt op me en wringt zich bij me
naar binnen. Ik ben te lam om tegen te werken.
Hij is mager, ik heb geen last van zijn gewicht maar
zijn heupbeenderen prikken onaangenaam in
mijn buik. Zijn piemel voelt grappig, staat scheef
en bonkt in de linkerkant van mijn vagina. Vreemd
genoeg stinkt hij niet uit zijn mond. Ik heb met
Sacks getongzoend om zijn gouden tanden te voelen. Het maakt me triest. Nooit iemand die me te-
genhoudt, die zegt 'hou nou eens op, doe nor-
maal', nooit iemand met een argument dat ertoe
doet.
    Ik weet niet wat ik heb gedroomd.
    Vandaag is de officiële opening. Ik wil naar
huis.

6.

Er wordt geklopt. Voordat we de kans hebben 'ja'
te roepen, gaat de deur open en komt Astrid binnen, Franks zus, een doos Refusal in haar hand
waar ze een doordrukstrip uithaalt.

'O nee,' zucht Frank en trekt het dekbed over zijn hoofd, zijn sprieterige blonde haren, stijf van de gel, steken erbovenuit.

'Slikken,' zegt Astrid en houdt drie pillen in haar uitgestrekte hand.

'Hij moet,' zegt ze tegen mij. 'Straks is hij weer zo dronken als een lor en verpest hij de opening voor pa en ma.'

Ik moffel onopvallend mijn zwarte Versace-onderbroek onder het kussen. Ik voel me ongemakkelijk.

'Schiet op,' zegt ze.

'Neem nou maar,' zeg ik tegen Frank.

Frank zucht overdreven luid, neemt de pillen aan en stopt ze in zijn mond.

'Laat onder je tong kijken,' sommeert Astrid.

Alcoholprogramma's, pillen; andermans zwakte stemt tot zelfreflectie en daar heb ik een hekel aan. Ik sta op.

Ik zit op de wc-pot, een doorzichtig sliertje veert op en neer tussen mijn benen, laat los en vormt een klontje in het water. Ik hoop dat ik al het sperma in een keer kwijt ben.

7.

De helikopter, straks doet die Panamarenko zijn ronde met de helikopter! Van het toilet ga ik rechts de gang in en neem aan die kant de trap naar beneden, zodat ik niet langs de kamer hoef waar Frank ligt. Ik draag zoals altijd schoenen met hoge hakken, en zet alleen mijn tenen zacht op het hout.

Beneden pak ik mijn jas van de kapstok en zie dat het boekenstandje onbeheerd is. Snel laat ik mijn ogen over de titels gaan, er ligt een boek van Berend Woudsma, *Het dierenasiel* met op de kaft een herdershond achter tralies. Ik pak een dichtbundel van Korteweg en voor Hunter gris ik *Rotbeesten* van Roald Dahl mee.

Zo'n kind heeft geen besef van wat je allemaal voor hem doet. Herinneringen gaan meestal terug tot de leeftijd van vijf. Hunter is drieënhalf. Soms heb ik het idee dat ik mijn energie in een wezen van outer space stop.

Mijn lievelingskinderboek is *Karlsson van het dak*, over een dik mannetje met propellers op zijn rug die op het huis van het jongetje Erik woont, en bij hem in en uit vliegt. Karlsson heeft niet veel op met de mensheid, dat spreekt me wel aan. Zelfs Erik neemt hij in de maling, een keer verdelen ze boven op het dak twintig krentenbollen. Karlsson maakt een ingewikkelde rekensom en de uitkomst is dat hijzelf recht heeft op zeventien broodjes.

8.

'Sacks!' roep ik, 'Sacks!' Ik dring door een kring van omstanders heen. Een man met een boom in zijn hand en een koptelefoon op, kijkt geërgerd als ik hem opzij duw.

Sacks zit achter in de helikopter, hij lacht en wenkt.

Ik zet mijn voet op de steun en hijs me naar binnen, wat een geluk! Kriebels in mijn maag. Ik gesp de riem om en kan niet stoppen met grijnzen. Sacks wrijft over mijn been. 'Meissie we gaan!'

De wieken beginnen te draaien, het is een hels lawaai en de helikopter trilt, hooi vliegt op door de wind. De toeschouwers stappen snel achteruit, fotografen laten camera's klikken, hun haar staat rechtop. Het lawaai neemt toe, het schudden ook en dan stijgen we op!

Franks vader staat wild te wuiven, zijn colbert open. Zijn stropdas wikkelt zich om zijn hals.

Het lijkt alsof de wind ons meeneemt, we hellen naar de zijkant, ik leun tegen Sacks aan en Sacks vraagt fluisterend, een bierwalm uit zijn mond, of ik zijn gouden tanden nog eens wil voelen. Nu zie ik pas dat een van zijn irissen omrand is met bloed. We scheren over het dorpje, hoger, er is niets dan blauwe lucht, ik wil erin verdwijnen, verstrooid worden, als as na een crematie. Ik kom nooit meer naar beneden.

9.

Terug in de trein naar Amsterdam zie ik in een weiland een struisvogel die plast.

10.

Ik staar naar de secondenwijzer van de Kwik, Kwek en Kwak-wekker.

De vitrages, gewoonlijk vrolijk oranje, lijken in mijn afwezigheid vaal geworden. Licht van een straatlantaarn valt er hard doorheen.

Mijn oren trilden toen de helikopter landde. Sacks pakte mijn hoofd en vroeg zacht of ik volgende week langskwam in zijn atelier in Antwerpen. Ik probeerde zijn adem niet te ruiken. Zonder hem aan te kijken zei ik natuurlijk 'ja'. Ik ontgrendelde de deur en wilde er snel uitspringen. Ik voelde me lomp, vies en zweterig.

Ik wandelde langs de kerk naar de tentoonstellingsruimte. Het mooiste dat ik zag was een een vliegtuigje, bestaande uit twee glanzend metalen vleugels, met daarop gemonteerd wel twintig kleine propellertjes. Daar stond het, in die kleine spierwitte ruimte, de vlucht afwachtend die nooit zou komen.

'Er zijn heel tedere machines nodig/om op een mooie dag naar nergens te vliegen'. Waar ik dat vandaan heb weet ik niet.

De telefoon gaat. Ik neem op en zeg met een zwaar Amsterdams accent: 'Met de oppas van Hunter.' Het is Frank. Hij vraagt 'wanneer komt Sanne thuis'. Ik zeg 'middernacht'. Ik denk dat hij niet gelooft dat ik Sanne niet ben. Hij lijkt te aarzelen en nog iets te willen vragen. Ik zeg 'dag mijnheer' en hang op.

Het skai van de bank voelt koud aan mijn billen. Zal ik Hunter het boek gaan brengen. De vader vindt het onprettig als ik onaangekondigd langskom. Ik til mijn Replay-shirt een stuk op en kijk naar de striae op mijn buik. Ooit was er iemand die die meanderende littekentjes zacht met zijn lippen volgde. Wie had ik kunnen vertellen over Hunters eerste fruithapje, wie interesseerde dat, behalve de vader. Die wilde weten hoe laat, hoeveel, met welke lepel, en of hij had geknoeid.

Ik las dat kinderen je uiteindelijk zullen onderrichten in de pijn die hoort bij groei en scheiding. Ik vind dat veel te intellectueel geformuleerd.

Rotbeesten ligt op de grond, een krokodil spert zijn bek naar me open. Hunter reikt al bijna tot mijn navel. Dat ene moedervlekje in zijn hals schiet me te binnen en dan zie ik dat de naad van mijn Prada pantalon onder aan mijn broekspijp los is. Een prop schiet in mijn keel.

Weer rinkelt de telefoon. Frank jongen, kom maar een mes lenen. Ik trek de stekker uit het contact.

HOEWEL HET ZOMER IS

Justus beweerde eens dat Skin iemand heeft ge-gijzeld. Daar hebben zij en Skin het nooit over.

Ze ruikt aan haar handen, ze zitten vol groene viezeltjes; van de wietplanten. De eerste oogst van dit jaar.

Skin zei altijd dat hij haar ex-vriend te grazen wilde nemen omdat die haar weleens had geslagen. 'Geloof je het niet, dat het kan?' vroeg hij en zoog lucht tussen zijn tanden. Ze kuste hem dan, zijn ringbaardje prikte, hij is de liefste jongen die ze in tijden is tegengekomen.

Justus pakt een bak vol afgeritste wiet op en zet hem op de weegschaal. 'Zeven ons en tien gram,' zegt hij. Skin vloekt, we zijn al minstens halverwege de berg wiet en hij had zeker op drie en halve kilo gerekend. 'Jezus,' zei hij, zo noemde hij Justus altijd, 'Jezus, dit is een zeperd.'

Skin is bang voor muizen. Zij heeft muizen in haar huis – Skin is toen ze elkaar twee weken kenden bij haar ingetrokken – en hij durft de keuken niet meer in om zich te scheren. Laatst, toen ze een muis uit de wc had zien rennen, wilde hij in een emmer plassen, die moest zij legen in het toilet. Gisteren bakte hij een restje shoarma op in een pan, met wat nasi van Hoi King. Terwijl het op het vuur stond, sloeg hij met een pollepel op een deksel om eventuele muizen te verjagen. Hij droeg haar ouwe roze joggingbroek en ze moest erg om hem lachen. Hij werd kwaad en zei dat zij geen 'invoeling had voor zijn angsten'. Ze zag een bel spuug op zijn voortand.

Nu wil hij een kat kopen. Ze zei dat ze gewoon beter moesten schoonmaken, dat doen ze nooit, op de keukenvloer liggen etensresten, platgestampte tomaat, vastgekoekte spaghetti en koffiedrap. Skin heeft een hond, een grote bastaard. Vroeger, zei hij, had hij wel vijftien pitbulls. Hij vertelde dat hij 's avonds naar kinderboerderijen reed om kippen te stelen. Die liet hij los bij de Nieuwe Meer. Zo'n anderhalve kilometer verderop, aan de andere kant van het pad, liet hij zijn honden vrij. 'En een veren,' zei hij, 'ze verscheurden die beestjes in een keer.' Zielig, vond zij.

Justus keert de bakken wiet om in een vuilniszak, Skin houdt die voor hem open. Nu moest het vacuüm worden gezogen, dat doet Justus bij een vriend die zo'n apparaat heeft.

Ze hebben het geld nodig, Skin en zij, ze hebben nog drie gulden vijfenzestig en een paar lege bierflesjes. Gelukkig hebben ze nog sigaretten, voor ieder een pakje. Drie kilo wiet, dat zou zo'n vijftien ruggen betekenen. Nu blijkt het nog niet eens de helft. Dat is jammer. Ze had graag een nieuwe Donna Karan-broek gehad, die kost al snel zevenhonderd gulden. Niet dat ze een snob is, dat niet, maar die broeken vindt ze gewoon mooi.

Skin zei dat hij liever 'Madness' genoemd zou worden. 'Je weet wel hoe je dat schrijft, hè?'

Skin heeft na de lagere school nog een paar maanden op de lts gezeten en is toen crimineel geworden.

Zij en Skin gaan trouwen, zo snel mogelijk. Ze hebben bij de burgerlijke stand hun geboorteaktes opgevraagd, die heb je nodig om in ondertrouw te kunnen gaan, maar die van Skin is nog niet binnen.

Thuis ploft Skin op de bank en zuigt de lucht tussen zijn tanden door. Hij vraagt of zij naar de supermarkt wil gaan om chocolade voor hem te halen. 'Dat helpt als je een rothumeur hebt.' Ze vraagt hem waarom hij zich zo voelt.

Hij zegt dat het vanwege de magere oogst is. 'Denk je dat Jezus ons heeft gepiepeld?' vraagt hij. 'Nee,' zegt ze en kijkt naar de zijkant van zijn mooie billen. Sinds kort gaat hij elke ochtend om kwart voor acht naar een fitnesscentrum. Skin is erg achterdochtig. Dat komt omdat veel mensen hem vroeger hebben belazerd, zei hij. Hij zei ook dat als zij hem ooit belazert, hij meteen weg is. Ze gelooft dat en hoopt dat ze hem nooit voor de gek zal houden. Maar dat moet je afwachten, dat kun je niet weten. Ze is anders dan Skin, ze gelooft bijvoorbeeld dat je soms beter kan liegen omdat de waarheid mensen onnodig pijn kan doen.

Skin zei dat ze nooit meer hoeft te werken als het aan hem ligt. En als ze een kind krijgen zal hij ervoor zorgen. Ze kijkt naar hem, zoals hij daar op de bank ligt. Hij heeft een tattoo op zijn achterhoofd en zijn haar is geschoren. Ze moet iets bedenken om nu aan geld te komen. Skin zegt, met zijn ogen dicht, dat hij wel eens in detail zal vertellen hoe dat ging met die pitbulls en die kippen.

Hij ademt heel rustig. Als hij slaapt snurkt hij niet. Soms vindt hij het leuk om haar in haar kont te neuken. Dat doet pijn. Als ze dat zegt, mompelt hij 'kan mij dat schelen, teef'. Hij bromt het zachtjes tegen haar oor en daarom wordt ze niet boos. Ze vindt het zelfs leuk. Alsof ze van hem is, zo voelt dat.

Skin heeft acht jaar in de bak gezeten voor een gewapende roofoverval. Justus zei dat hij voor de gijzeling in voorarrest heeft gezeten, eis twaalf jaar en tbs, en is vrijgesproken. Soms is ze opeens heel bang voor Skin. Ook omdat ze nog nooit zo verliefd is geweest al heeft ze zeker dertig vriendjes gehad. Hij kent haar; ze laat zich door hem kennen en dat is nieuw.

Van haar twintigste tot haar tweeëntwintigste ongeveer is ze hoer geweest. Daar heeft ze geen spijt van. In haar jeugd heeft ze dingen meegemaakt, daar heeft het mee te maken. Ze dacht dat alle liefde fake was en besloot daar dan maar geld mee te verdienen. Beide partijen geven toe dat ze elkaar gebruiken, lekker duidelijk, klaar uit betalen.

Laatst waren zij en Skin bij vrienden op bezoek die een piano hadden. Die vriendin ging blues spelen en Skin begon te zingen over hun eerste ontmoeting, toen vier weken geleden. Wat haar bijbleef is dat hij zong 'when I looked into your eyes, I saw mine'.

Nog steeds gebruikt ze te veel cocaïne. Het erge vindt ze, is dat ze niet zeker weet of ze daar wel van af wil. Skin zegt dat ze moet stoppen.

Het vult een leegte die ook Skin niet kan opvullen.

De wekker gaat, kwart voor zeven. Skin steekt een sigaret aan met de aansteker die naast het kussen ligt en springt uit bed. Rukt de dekens van haar af. 'Opstaan, luie doos!'

Ze trekt de dekens terug en draait zich op haar buik. Meestal staat ze niet op voordat hij terug is uit het fitnesscentrum, om half tien. Eigenlijk zou ze eruit moeten, naar Sitan Gym waar ze schoonmaakt in ruil voor bokslessen. Gisteravond had ze moeten gaan maar toen was ze te moe van het wiet ritsen.

Ze drukt haar gezicht in het kussen dat lekker naar Skin ruikt. Ze hoort dat hij hondenvoer uit het blik schraapt voor Bó.

'Koffie?' roept hij.

Ze komt altijd moeilijk het bed uit. Voordat ze Skin kende bleef ze soms liggen tot een uur of een, twee. Skin vraagt vaak waarom ze bokslessen neemt als ze toch niet goed genoeg is om wedstrijden te vechten en startgeld te vragen.

'Je moet een gat in de markt zoeken en daarop inspringen. Schrijven over je leven als hoer, dat zijn dingen die de mensen willen weten, sex en drugs. Daar ligt het grote geld.' Dat zal ze nooit doen, dat verhaal is alleen van haar.

Ze trekt haar benen op en verbeeldt zich dat Skin achter haar ligt en haar stevig vasthoudt. Hij roffelt de trap af en trekt de buitendeur open. 'Dag schatje van me!' roept hij. Ze weet dat hij snel naar links en rechts kijkt zodra hij op de stoep staat. Hij is altijd bang dat iemand hem nog een keer komt pakken. Hij is eens met honkbalknuppels afgerost en heeft toen met een schedelbasisfractuur een tijd in het ziekenhuis gelegen. Altijd bang, hoewel zijn ruige leven haar heel erg aantrekt, dat zou ze er niet voor over hebben. Het is ook een reden waarom hij zo snel bij haar in is getrokken. 'Nu weet niemand me meer te vinden,' zei hij.

Zij en Skin willen zo spoedig mogelijk kinderen, een paar dagen geleden is ze ongesteld geworden, helaas.

Ze gaat op de bank liggen en staart naar de waakvlam van de kachel. Hoewel het zomer is zet ze de kachel nooit uit want dan krijg ze hem niet meer aan. Dat deed Art, die jongen die haar heeft geslagen, vroeger altijd voor haar.

Geld, hoe komen ze aan geld, de wiet is tenslotte nog niet verkocht. Opeens valt haar in dat als ze een paar bokslessen overslaat, ze voor het schoonmaken geld kan vragen.

Skin belt, zijn stem valt af en toe weg; hij telefoneert met een portable. Hij zegt dat hij bij Justus is, er zijn een paar vrienden van Justus over uit Zuid-Afrika die vijf kilo hasj mee hebben gesmokkeld, die gaan ze nu proberen kwijt te raken. Skin krijgt een mazzel voor zijn hulp.

'Doet op dit moment niks, die Afrikaanse shit, maar we hebben misschien een koper, negentig procent zeker. Daarna kom ik meteen naar jou.' Ze vertelt hem dat ze zo direct even bij de sportschool langsgaat en zegt dat ze van hem houdt. Ze hangen op.

Ze vindt dat de meeste mensen bij elkaar blijven omdat ze angst hebben om alleen te zijn.

Het eerste wat ze doet als ze dat geld heeft, is een gram cocaïne scoren. Dat maakt ze op voordat Skin komt.

STAS!

Ik zit op de kachel, die lekker warm voelt aan mijn billen, en kijk naar Cow and Chicken, mijn favoriete cartoon. Tien voor een, wat zal ik eens gaan doen. Ik heb nog twee gulden op zak. Ik kan zo Thom, mijn ex, bellen en vragen of hij nog met Hunter naar het park gaat en ook die kant op wandelen. Alleen, dat vindt Stas niet leuk. Die zegt dat ik nog te veel met Thom omga. Het is mei, en hij heeft al medegedeeld dat ik de kerst niet met Thom en Hunter mag doorbrengen. 'We hebben nu ons eigen gezin,' zei hij gisteren nog.

Stas heeft zelf twee dochters, Alison van elf en Nadine van negen, die bij zijn ex wonen, in een kleine benedenwoning in Oost. Hij en zijn ex praten helemaal niet meer met elkaar.

Ik vraag me af waar Stas is. Vanmorgen om zeven uur kwam hij even de slaapkamer in, waar ik met Hunter in het tweepersoonsbed lag. Hij zat met zijn neef in Pico zei hij, dat is een taxicafé hier verderop naast de McDonald's, te wachten op twee IJslandse toeristen die een partij van duizend xtc's van hen zouden kopen. Hij was om elf uur zeker thuis en dan konden we wiet gaan knippen in zijn huis. Hij woont nu drie maanden hier. Meteen heeft hij zijn eigen huis volgeplant met wiet: skunk en white widow. White widow levert het meest op. Die is nu knipklaar.

Ik kijk naar het aquarium op de boekenkast, de twee goudvissen liggen dood op hun zij in het water. Hunter ontdekte het gisteravond, 'hé mam, ze zijn dood!' riep hij en hij wilde zijn hand in de bak steken om er een te pakken. Hij is net vier geworden en heeft de groengrijze spleetogen en lange wimpers van zijn pa, wat ik heel mooi vind.

Ik vind het vies om ze uit de bak te scheppen en door het toilet te spoelen, ik wacht tot Stas het doet.

Hunter heb ik vanochtend om kwart voor negen achter op de fiets naar school gebracht. Ik heb niets te doen vandaag, behalve het knippen straks, misschien. De laatste tijd doe ik erg weinig. Ik heb erover gedacht me bij de politie aan te melden, ik heb een informatiepakket opgevraagd bij bureau werving. *Ordnung muss sein* en waar orde heerst is veiligheid. Stas had het pakket in de prullenbak gegooid maar ik heb het er weer uitgevist. Ik kom niet in aanmerking want ik sta intussen op de nominatie voor een strafblad. Vier weken geleden heb ik een agente een knietje gegeven en haar in het gezicht gestompt. Ik moest er een nachtje voor in de cel zitten en plaste daar bijna in mijn broek omdat ik lang niet naar het toilet mocht. Volgende maand moet ik voorkomen.

Alison en Nadine wilden vorig weekend niet bij ons doorbrengen. 'Jullie hebben bijna nooit wat te eten,' zei Alison door de telefoon, 'en we liggen zo krap met z'n vijven in dat bed. En er zitten ook allemaal vieze smerige gore kriebelende blaadjes in.'

Dat klopt. We hebben weinig anders dan brood in huis wegens geldgebrek. En van die blaadjes, dat is ook waar. De vorige partij wiet hebben we in de slaapkamer geknipt en al het afval hebben we overal laten slingeren. Het zit ook op al mijn en Stas' kleren. Ik vind het niet erg dat ze niet kwamen. Het is hier te druk in de weekenden, met drie kinderen. Alison spuit mijn bussen haarmousse leeg en ze heeft mijn aerobicpakje mee naar gymles genomen en niet meer teruggegeven. Ik denk dat ze niet erg intelligent is. Ze speelt nog met beren. Een mavo-klantje, waarschijnlijk. Knap wordt ze ook niet, naar mijn smaak. Platte neus, ver uit elkaar staande ogen.

Het is twee uur geweest, ik besluit naar het park te gaan, het is lekker weer, Thom heeft de woensdag-middag altijd vrij, hij is daar zeker. Eerst neem ik een snee oud witbrood met mayonaise. Iets anders, behalve een blik doperwten, is er niet in huis. Ik vraag geen uitkering aan nu ik geen werk heb. We leven van de wiet en de xtc en als dat niet lukt, vre-ten we niet.

Thom zit bij het paviljoen met de speeltuin, een glaasje jenever op het tafeltje voor zich. De zon doet zijn rode haar oplichten, mooi vrolijk, vind ik. Hij nipt van de jenever en lacht me toe. Verderop zie ik Hunter een ander kindje van een schommel duwen. Thom heeft een piercing door zijn tong, het voelde heerlijk glad en warm om daar met mijn tong overheen te gaan, dat mis ik soms.

Vaker mis ik dat hij mij sexy noemde als we vreeën en zei dat ik de mooiste billen van de wereld had. Stas zegt weinig in bed. Dat maakt het vrijen onpersoonlijk, alsof ik inwisselbaar ben. Hij lijkt het niet eens te merken als ik de haartjes rond mijn tepels ben vergeten weg te halen. Stas geilt op lang haar, ik draag het gemillimeterd en geblondeerd.

Hunter komt aangehold en vraagt een gulden om op de scootertjes te kunnen. Ik houd de twee die ik heb liever in mijn zak. Thom vraagt of ik een colaatje wil. Light, natuurlijk, ik blijf graag slank op het magere af.

De zon verdwijnt achter een pak wolken. Ik hoop dat het Stas lukt met die xtc, dan kunnen we boodschappen halen en misschien de telefoonrekening betalen.

Hunter staat bij de scooters luid te huilen en roept 'papa! papa!'.

'Als je je kind wat vaker doordeweeks zou zien,' riep hij ook wel om jou,' zegt Thom en staat op. Hij bedoelt dat vast als een grap maar ik kan er niet om lachen.

We zijn een week na Hunters geboorte uit elkaar gegaan. Ik ben lichtelijk psychotisch en daar werd Thom gek van. Ik sliep met messen en scharen onder mijn kussen omdat ik dacht dat hij als ik sliep in een monster veranderde. Hij werd bang voor me. Een keer werd hij wakker toen ik met een mes boven hem zat, klaar om te steken. Hij schreeuwde zo hard dat de buren de politie belden. Die trapten de deur in en namen mij mee. Brachten me naar Patricia.

Hunter bleef bij Thom en kwam eerst alleen in de weekenden bij mij.

Nu slik ik medicijnen en doe niet vaak meer zo raar. Maar voor Thom en mij is er te veel gebeurd, hij vertrouwt het niet meer.

Opeens bekruipt me een angst: toen ik Stas nog niet kende is hij anderhalf jaar crackjunk geweest, ging hij nachten achter elkaar door met roken. Aan het geld kwam hij door overvallen te plegen. Ik zit niet meer op mijn gemak.

Ik sta op, zeg tegen Thom dat ik nog iets te doen heb en verlaat de speeltuin. Vergeet Hunter een kus te geven. Thom roept me na, ik kijk niet om.

Thuis kijk ik of Stas op bed ligt; geen spoor. De kachel staat nog aan, het is warm. Wat zal ik doen. Ik heb tegen hem gezegd dat hij weg moet als hij in zijn eentje eropuit gaat om pofjes te roken. Ik wil niet met een junk samenwonen en ook niet met een dief. Ik weet niet of ik de daad bij het woord kan voegen. Ik ben niet graag alleen. Dan word ik bang, denk dat er een zombie door de achterdeur komt en laat als ik naar bed ga alle lichten aan.

Ik wacht een uur. Dan besluit ik naar Errel te gaan, een Surinaamse junk die hier in de buurt woont, ik ben een keer bij hem geweest met Stas. Ik hoop dat ik het huis nog weet. Het regent nu. Die keer bij Errel zijn we een hele nacht en dag doorgegaan. 'Als je het gedoseerd doet, is het recreatief gebruik,' zei Stas voordat hij de behoorlijke berg gekookte coke in zijn pijpje aanstak. 'Dan heeft het niets met verslaving te maken.' Ik snoof, Errel en Stas rookten, en tussendoor chineesden ze om niet al te opgefokt te raken. Van Stas mocht ik in het begin van de avond daaraan niet meedoen. Later vroeg ik het weer en zei hij 'ja'. Mijn eerste keer heroïne, ik voelde niet veel. Errel ging af en toe naar buiten om ergens spul te halen. Hij is al twintig jaar junk. Hij zag er niet slecht uit, zijn wangen waren wel ingevallen maar verder was hij niet echt mager.

Gelukkig herken ik de deur. Ik bel aan. Errel doet op tweehoog het raam open, zwaait naar me en verdwijnt naar binnen om de deur open te trekken. Ik ga naar boven. Er ligt een groenblauw gebloemde lap over de bank, de hoek is onbedekt en laat gescheurd smoezelig ribfluweel zien. Errel loopt op plastic badslippers. Ik vraag of hij Stas heeft gezien. 'Vannacht was hij hier,' zegt Errel met een vet Surinaams accent en hij vertelt dat ze in een junkenpand verderop hadden gezeten om handel te kopen en te gebruiken. Ik vraag of hij meegaat om te kijken of Stas daar weer zit en lieg dat zijn moeder heeft gebeld en hem dringend moet spreken. 'Als ik alleen ga laten ze me niet binnen, ze kennen me niet.'

Errel knikt, trekt een verwassen spijkerjack aan over zijn rode overhemd en verwisselt zijn slippers voor afgetrapte bergschoenen. Zonder sokken. We lopen snel naar de Gerard Doustraat.

Errel tikt op het raam waar vitrage voor hangt. Meteen gaat het raam open en een jongen steekt zijn ongeschoren hoofd naar buiten. 'Ik heb niks, de politie is geweest, wegwezen!' Hij slaat het raam met een klap weer dicht. De vitrage beweegt door de tocht. Errel haalt zijn schouders op. 'Dan weet ik het ook niet.'

'Bedankt,' zeg ik en vraag of hij me een paar gulden kan lenen voor sigaretten. 'Nee, sorry, blut,' zegt Errel. We nemen afscheid.

Ik loop door de regen naar huis. Voor de HEMA staat een kraampje met warme worst, het water loopt me in de mond, gisteren hadden we ook al bijna niets te eten in huis, ik vraag me af of ik mijn laatste geld aan zo'n lekkernij zal besteden. Dan hoor ik mijn naam achter me, ik kijk om, het is Errel, hij holt. 'Hoorde je me niet?' vraagt hij, 'ik loop de hele weg al achter je.' Hij geeft me vijfentwintig gulden. 'Tof,' zeg ik blij, hij mompelt dat het niets is en keert zich om. Ik kijk hem na; hij loopt voorovergebogen, de handen in zijn zakken. Een junk die een geeltje weggeeft.

Ik koop sigaretten en ga terug naar huis. Stas is er nog niet.

Stas heet eigenlijk IJsbrandt, waarom hij Stas wordt genoemd weet hij niet. Ik krijg een hoestbui en ik moet ervan kotsen. Hang boven de wastafel maar natuurlijk komt er alleen zurig slijm naar boven. Ik poets mijn tanden niet, daar heb ik geen zin in maar neem een paar slokken water waarmee ik gorgel. Het is ondertussen tegen vijven.

Stas is vier jaar voor schut gegaan voor een roofoverval op een klein postbankfiliaal. Hij heeft veel meer overvallen gepleegd maar daar hebben ze hem nooit voor kunnen laten zitten. Hij heeft wel vaak in voorarrest gezeten. 'En dan met twaalf ruggen de poort uit omdat ze niks kunnen bewijzen. Daar balen ze goed van hoor.'

Stas vraagt me altijd de puisten op zijn billen uit te knijpen, dan trekt hij zijn Adidas-glansjoggingbroek naar beneden en gaat op bed liggen. Ik vind het leuk werk en veeg de prut die eruit komt aan het onderlaken.

Bijna zes uur. Mijn oog valt op een papieren eendje dat Alison heeft gevouwen. Mijn God, papieren eendjes vouwen op je elfde.

Vier weken geleden kreeg Stas ruzie in Greet, een café om de hoek. We hadden er met een hele groep kennissen al zeker vierhonderd gulden doorheen gejaagd en toen Stas voor zichzelf en voor mij nog twee wodka-jus bestelde, bleken we een paar kwartjes te kort te komen. De barkeeper pakte de glazen terug. Stas werd meteen woedend, sprong over de bar, pakte een fles en gooide die naar het hoofd van de barkeeper. Miste op een haar. Er ontstond commotie, allerlei mensen bemoeiden zich ermee en Stas mepte flink om zich heen. Een man die daar werkte pakte een honkbalknuppel en probeerde Stas te raken. Stas trapte een raam uit zijn voegen en we smeerden hem naar buiten. Ik zei dat hij rustig moest blijven. De politie arriveerde, met wel drie auto's. Stas begon te rennen en verdween de straat uit.

Twee agenten, een man en een vrouw, hielden mij staande en vroegen wat er aan de hand was. Ik zei dat ze zich nergens mee moesten bemoeien, dat er een ruzie was geweest maar dat alles nu in orde was. De agenten vroegen door. Ik raakte geïrriteerd, sloeg de mobilofoon uit de hand van de vrouw en gaf haar in een moeite door een knietje in haar lies. Ik probeerde ervandoor te gaan maar werd meteen in mijn kraag gegrepen, kreeg handboeien om en werd in een auto geduwd.

Het café diende geen aanklacht in tegen Stas, waarschijnlijk uit angst dat hij dan terug zou komen om de boel af te breken.

De vriend met wie hij vroeger overvallen pleegde, is eind vorig jaar door de politie vermoord, zegt Stas. Er heeft een artikel over in de *Nieuwe Revu* gestaan, dat herinner ik me ook. Stas zegt dat er gaten in de muur zaten, zo hard hebben ze hem er met zijn hoofd tegenaan geslagen. Op het laatst hebben ze hem in een zak laten stikken. De agenten zijn niet aangeklaagd. 'Dat doen ze met mensen die ze niet kunnen pakken maar van wie ze weten dat ze veel hebben geflikt,' zei Stas bitter en knipte de filter van een light sigaret af. Daarom is hij zelf ook bang voor de politie. Hij zal nooit zwart rijden in de tram.

Vorige keer dat Lucien hier was, Stas' neef, zei hij

dat hij een kraak op het oog had, op een vsb-bank. Hij vroeg of Stas interesse had. Stas leunde tegen de kachel. Peuterde met een lucifer tussen zijn tanden. Keek naar mij. Ik zei 'nee, dat soort dingen doet hij niet meer'. Stas bleef naar me kijken. Schudde toen aarzelend zijn hoofd naar Lucien. 'Zij beslist.'

Daarna vroeg hij of Lucien aan wapens kon komen.

Waar blijft Stas. Ik kijk weer naar de dode vissen. Ze zijn waarschijnlijk gestorven doordat het water te heet werd, Stas had een verwarmingselementje van iemand gekregen en dat in de bak gehangen. Volgens mij zijn goudvissen koudwatervissen. De schubben op hun oranje huid glinsteren nauwelijks meer. Er drijft een minuscuul bruin sliertje in het water; het schijnt dat dieren poepen en plassen in doodsnood. Alsof ze me iets willen vertellen, zoals ze daar doodstil liggen, die vissen, maar ik wil niet weten wat.

WAT KIJK JE ZORGELIJK, SCHATJE

Door de licht spiegelende ruit zie ik het geblondeerde haar van Camiel. Hij vindt het te koud buiten en zit in de kajuit. We hadden besloten een dagje de natuur in te trekken, op Texel. Misschien ook bij mijn moeder langs te gaan die mij al een jaar niet meer wilde zien.

Ik heb het ook fris, ik draag een bruin suède minirok en hoge plateauzolen. Ik had thuis nog getwijfeld of ik niet mijn Nikes aan zou trekken maar Camiel zei dat ik daar dan mijn G-star spijkerbroek bij aan moest en dat mijn kont daar niet goed in uitkwam.

Jonathans hoofd komt net tot de rand van de reling, hij gooit paprikachips naar de meeuwen. 'Ja, ja!' schreeuwt hij elke keer als zo'n langsscherende vogel er een in zijn snavel pakt.

'Jaaaah!' schreeuwt Jonathan en gooit met volle kracht een Mars tegen de kop van een meeuw. Het dier slaakt een verschrikte kreet en verdwijnt met de wind mee naar achteren.

Een lange man in een groene parka werpt een afkeurende blik op mijn zoontje, fluistert iets tegen de vrouw die naast hem staat en beiden gluren ze naar mij.

'Nu wil ik Chocomel,' zegt Jonathan, zijn mondhoeken nog bruin van het vorige flesje. Hij heeft het gezicht van Camiel; uitstekende jukbeenderen en licht ingevallen wangen, een doodshoofd. Ik heb schijt aan alles, mij kun je niets maken, spreekt het, mooi vind ik dat.

Ik vis een opgeproffeld briefje van tweehonderdvijftig uit het borstzakje van mijn spijkerjack. 'Ga maar halen.'

Ik heb veel geld bij me, gisteren had ik een klant in het Amstel, twee uurtjes voor een rug. Camiel kwam me zoals altijd ophalen in de lichtblauwe Chevrolet. Streek me over mijn haar terwijl hij de volumeknop van de cd-speler hoger draaide en zei 'goed gedaan, vrouwtje'. Daarna pakte hij vijf bananenschuimpjes uit het zakje dat op het dashboard lag en stak die tegelijk in zijn mond. Probeerde toen mee te fluiten met *Quiet Eyes* van de Golden Earring, zijn lievelingsband. Veel eten vond ik mannelijk toen ik hem leerde kennen. Maar nu stoort het me dat Camiel zoveel naar binnen stouwt. Koekjes en chips verberg ik soms. Er ligt een zak chocopinda's achter in Jonathans kledingkast. Het geeft me een goed gevoel als ik aan die pinda's denk daar onder die pyjama. Een geheim voor Camiel hebben, al is het nog zo onbeduidend, geeft me ruimte om te ademen. Lucht. Camiel zit op mijn nek.

Ik slenter achter Jonathan aan naar de kajuit. Struikel over een drempel en verlies het zooltje van mijn hak. Verdomme.

Camiel zit aan een tafeltje achterin en heeft een gevulde koek in zijn hand. Er staan twee lege bierflesjes voor hem op tafel. 'Niet te vreten,' zegt hij en neemt een grote hap. Kruimels vallen in de col van zijn zwarte trui.

Jonathan staat al bijna voor in de rij bij de kassa, die is voorgedrongen. Zijn juffrouw op school begon erover dat Jonathan misschien gedragsproblemen had. Hij luisterde erg slecht. Op een dag wilde een klasgenootje in het speelkwartier zijn skelter niet aan Jonathan afstaan. Aan het eind van de middag, toen de school bijna uitging, gooide Jonathan een stoel op het jongetje, met als gevolg een gescheurde wenkbrauw die moest worden gehecht. Bereke-nend, om zo laat te reageren, ik weet niet van wie hij dat heeft. Camiel handelt nog voordat hij heeft nagedacht, en ik, mijn voorgenomen acties verzanden meestal in twijfel. Ik luisterde gisteren naar een discussieprogramma op de radio, een panel bespak het laatste boek van een Franse filosoof. Die beweerde dat de zin van het leven niet meer door iets of iemand opgelegd kan worden, en dat de mens opofferingsgezind kan zijn. Egoïsme opzij kan zetten. Liefde voor anderen. Daar lusten de honden toch geen brood van. Ik heb het niet op boekenkennis.

'U kunt misschien eens een oriënterend gesprek bij een therapeut...' Nog voordat de lerares was uitgesproken trok Camiel mij mee het kantoortje uit. Op de gang brieste hij: 'Die heks moet haar bek dichthouden.' Ik zag die waas in zijn ogen. Daar had hij vaak last van. Toen we het schoolplein af waren was hij nog zo woedend dat hij de ruit van een geparkeerde auto in sloeg. Zijn vuist bloedde niet maar de volgende dag kon hij zijn vingers moeilijk strekken.

Jonathan duwt twee mensen opzij en rent als eerste de boot af. Het waait hier hard, de panden van zijn felrode Carhartt-jack wapperen.

Ik snuif de zeelucht op, het zout prikkelt het slijmvlies in mijn neus. Bij inwaartse wind ruik je die geur in het dorp bij mijn moeder. Hoe zou ze reageren als we voor de deur staan. De laatste keer draaide ze de deur op slot. Ik zag haar silhouet achter de geelglazen voordeur. Mijn oog viel op het staaldraad dat in het glas is geweven. Het maakte haar nog onbereikbaarder. Jonathan schreeuwde nog een paar keer 'oma' door de brievenbus en schoof toen de tekening die hij voor haar had gemaakt naar binnen: mij in een regenbui. 'Je hebt hakschoenen aan,' zei Jonathan, 'maar die pasten er niet meer op.'

Dat ze niet opendeed raakte hem geloof ik niet; hij zei er tenminste niets over. Op de terugreis hing hij wel een paar keer tussen onze stoelen in naar voren om te vragen of oma die tekening wel op zou hangen, dat hij hem anders beter aan mij had kunnen geven. En hij klopte op mijn schouder, 'weet je waarom je van die grote oren hebt? Die kan je over je hoofd vouwen, als een paraplu. Dat hebben de mensen in China.' Het kostte me moeite hem vriendelijk antwoord te geven. Soms denk ik dat je je beter zo vroeg mogelijk van een kind kunt losmaken.

Naast het parkeerterrein staan drie bussen, ik loop erheen. 'Ja, dag,' klinkt Camiels stem achter me, 'ik ga een beetje in een bus zitten. We nemen wel een taxi. Eerst naar het strand en dan kijken we wel bij je moeder.' Tegenspreken heeft weinig zin bij Camiel.

De chauffeur van de voorste bus, die mij van richting ziet veranderen zegt 'jammer nou meissie!' Ik schiet in de lach en steek mijn hand naar hem op. 'Ik wou dat mijn vrouw zo'n rok droeg!' roept hij nog voordat hij het raampje dichtdraait.

'Lekker een dagje Tessel?' vraagt de taxichauffeur. Zijn gestreepte overhemd spant over zijn buikje. 'Je ne parle pas hollandais,' zegt Camiel die naast hem zit, en kijkt strak voor zich uit door zijn Chopard-brilletje met blauwe langwerpige glazen. Verbaasd draait de chauffeur zich om naar mij. Daarnet bij de standplaats bediscussieerden we toch duidelijk in het Nederlands of we naar Paal Negen of naar de Slufter zouden gaan. Ik mijd zijn blik en rommel in mijn jaszakken. Jonathan trekt het asbakje in het portier open en kijkt wat erin zit. 'Afblijven,' zeg ik maar ik klink zelden erg overtuigend wanneer ik hem iets verbied.

We rijden langs weilanden met hier en daar schapen, en boerderijen waar geen leven te bespeuren is. Bij die ene, met klimop langs de gevel, haalt mijn moeder eieren weet ik. Die kookte ze de voorlaatste keer nog voor ons, kleine eitjes zo vers dat ze moeilijk te pellen waren.

Camiel en ik waren pas tegen twaalven ons bed uit komen rollen. Ze had al een paar keer onder aan de trap geroepen, maar we hadden ons doof gehouden.

'Ik zit al vanaf zeven uur met hem,' poogde mijn moeder verwijtend te klinken en knikte naar Jonathan, 'we zijn al op het strand geweest.'

Camiel gaapte. Hij zat gekleed in vaal zwarte boxershorts op de bank. Mijn moeder keek naar zijn tepelpiercing en naar het raam, hoewel de gordijnen dicht waren zoals altijd. 'Het is hier fris, hè, moet je niet een shirtje aan? Ja, zal ik even wat voor je pakken, geen moeite hoor, laat mij maar even...' Ze struikelde bijna over haar woorden en stond al op. Camiel legde zijn hoofd achterover tegen de rugleuning en sloot zijn ogen. Ik zag de korstjes in zijn mondhoeken, hij eet te weinig vitaminen. Ik ontbijt bijna elke dag met een kiwi en yoghurt met muesli. Elke dag eet ik groente, het liefst broccoli of spinazie. Camiel lust geen bruinbrood en als hij groente eet zit die meestal in een loempia van Nam Kee.

Hij is tenger gebouwd maar oogt sterk, gespierd. Zijn navel is een bolletje. Hij vindt het lekker als ik die lik en een vinger in zijn kont steek. Dat had ik die avond gedaan, in het eenpersoonsbedje op de logeerkamer. Daarna trok ik hem af, hij spoot een klodder tegen het lampje naast het bed. Camiel was er trots op dat hij nog zo ver kwam.

Mijn moeder zette de radio aan en weer uit. Krabde met een nagel over de tafel. Ze droeg het geelzwarte Dior-shawltje dat ik had gekocht toen ik met een klant een paar dagen naar Duitsland was. Dat wist ze natuurlijk niet. Ik had zin in een sigaret maar je mag bij mijn moeder thuis niet roken.

'Hoe was het op het strand?' vroeg ik veel te luid. 'Heel leuk,' zei mijn moeder snel, 'toch, Jonathan? Leuk, hè?'

Jonathan zat met zijn jas nog aan op een fauteuil, zijn voeten raakten de vloer niet. 'Ik mocht van haar geen kwal mee naar huis nemen,' zei hij, 'en ik kreeg geen frikandel.' 'Daar was het nog veel te vroeg voor,' zei mijn moeder, 'eerst een middagboterham.' 'Dat hoeft niet, hè mama,' vroeg Jonathan, 'ik hoef toch niet elke dag een middagboterham? Hè, mam?' Het was mijn idee om geen abortus te laten plegen.

Mijn moeder staarde naar haar schoot. Haar al grijzende haar viel slap over haar voorhoofd.

'Weet je wat,' zei ze opeens, 'ik ga een eitje voor jullie koken.' Ze leek blij een reden te hebben de kamer te verlaten. De keukendeur deed ze achter zich dicht. Camiel opende gelijk zijn ogen en siste 'we moven zo hoor, het is wel weer leuk geweest'. Na een tijdje kwam ze terug met voor ieder een ei op een schoteltje, met wat peper en zout ernaast. De eieren pelden moeilijk. 'Verdomme,' zei Camiel toen hij met een stuk schil zijn halve ei meetrok. Hij zette het schoteltje op de vensterbank en raakte het niet meer aan. Ging naar boven om zich aan te kleden.

Ongeveer een half uur later zaten we weer op de

boot naar Den Helder. Ik wilde een sigaret opsteken maar kreeg de aansteker niet aan. Mijn handen trilden nog door de ruzie die we op de valreep hadden gehad. Camiel stond bij de kassa en rekende een flesje bier af. Bij mijn moeder mocht niet worden gedronken. Mijn vader was overleden aan levercirrose ten gevolge van alcoholisme. Ik heb hem nooit gekend, hij stierf toen ik nog twee moest worden en mijn ouders al gescheiden waren. Mijn moeder was niet naar de begrafenis gegaan. Na zijn dood is ze van Paramaribo eerst naar Rotterdam, en een jaar of vijf geleden naar Texel verhuisd. De gordijnen van de huiskamer houdt ze dicht sinds ze op het eiland woont. Ze ging ook plotseling heel gezond eten, alleen onbespoten groente, geen vlees en suiker meer.

Nu rijden we door de duinen, op weg naar het strand waar ik veel heen ging toen ik nog regelmatig bij mijn moeder kwam.

Camiel, die de hele rit niets meer heeft gezegd, draait zich opeens naar me om. 'Wat was dat, dat geflirt met die buschauffeur? Dat moet ik niet.' Zijn lippen zijn strakgetrokken, dat betekent dat hij boos is. 'Hoor je me? Dat moet ik niet.'

Dat ik zijn ogen door de blauwe glazen niet kan zien, maakt hem eng. 'Sorry,' zeg ik. De chauffeur werpt een blik op me in het spiegeltje.

'Bastiaan,' antwoordde ik en voegde er haastig aan toe dat hij een cd terug wilde hebben die ik van hem had geleend. Camiel liet me niet uitpraten en sloeg me een bloedneus.

'Kijk, een konijn,' wijs ik Jonathan.

We stappen uit. Camiel betaalt de taxichauffeur en geeft hem zover ik kan zien een fooi van vijftien gulden. Dit slaat nergens op. Camiel wilde zijn auto, de lichtblauwe Chevrolet, per se in Den Helder laten staan omdat hij de overtocht te duur vond.

Camiel zet meteen koers naar het paviljoen, rechts van het parkeerterreintje, 'ze hebben daar toch zo'n lekker menu met gecombineerde vissoorten en volgens mij schenken ze ook sterke drank.' Zand waait in mijn mond en ik duw plukken haar uit mijn gezicht. 'We waren hier om uit te waaien,' zeg ik, 'laten we dan eerst het strand op gaan.' Camiel antwoordt niet, maar loopt met tegenzin met mij mee. Daar ligt de zee, grijs en kalm, aan het randje van de wereld. Ik adem diep uit en word bijna vrolijk. Hoopgevend is de zee, aan alles komt ooit een eind, spreekt ze, vertrouw mij maar. In een opwelling druk ik een kus op Camiels ongeschoren wang. Hij kijkt me zijdelings aan, bevreemd.

Camiels ouders zijn gescheiden toen hij nog heel jong was. Zijn vader is een kunstschilder die goed verkoopt in het commerciële circuit. Ze zien elkaar praktisch nooit. Toen ik zwanger was van Jonathan zijn we naar een opening van een expositie in gallery Donkersloot in de P.C. Hooftstraat geweest. Er hingen voornamelijk fotoafdrukken op linnen van de Stones en Jagger of Richards solo.

Van het midden van de gallery keken we naar de

werken, Camiel dronk drie wijntjes en ik een paar glazen jus d'orange door een rietje. Het leek me wel mooi allemaal maar voor een sluitend oordeel zou je dichterbij moeten staan. Camiel zei 'best gaaf' en toen slenterden we naar zijn vader, die luidruchtig stond te praten in een groepje mensen.

'Allemaal retenlikkers,' mompelde Camiel tegen mij. Camiels vader lijkt sprekend op Camiel; hetzelfde doodshoofd, alleen is zijn vader steviger gebouwd en korter van stuk. Camiel drong zich het groepje binnen en zei 'Ha, pa.'

Zijn vader, die druk praatte en gesticuleerde tegen een lange geblondeerde vrouw in een groene doorschijnende jurk, stopte midden in een zin en draaide zijn hoofd opzij. Hij was een stukje van zijn kin vergeten te scheren wat ik schattig vond. Hij keek een paar seconden naar Camiel en zei 'Ha, zoon.' Tikte de as van zijn sigaret, nam een trek en zei tegen mij 'Hallo.' Ik vroeg me af of hij mijn naam nog wist. De vader schraapte zijn keel. De dame in de groene jurk nam een slok wijn en draaide zich om. Ze droeg geen onderbroek en de jurk zat zo strak dat ik kon zien dat ze putjes in haar billen had.

'Zo,' zei de vader opeens luid en maaide met zijn arm om zich heen, 'wat vinden jullie ervan?'

'Ja,' zei Camiel bedachtzaam en keek nog eens langzaam rond, 'de Stones, hè?'

'Precies!' zei zijn vader en sloeg hem op de schouder, hij lachte maar zijn ogen schoten ner-

veus heen en weer. Camiel vroeg zijn vader een sigaret. Ik spiedde rond naar de dame in de groene
jurk, maar zag haar niet. Ik doe elke ochtend bil-
spieroefeningen en hoop dat ik nooit putjes krijg.

'Pa,' zei Camiel opeens zacht, 'we zitten een
beetje krap, heb jij misschien…'

'Natuurlijk, jongen,' zei zijn vader. Hij leek op-
gelucht, trok zijn portefeuille tevoorschijn en gaf
Camiel wat briefjes, ik kon niet zien hoeveel. Vlak
daarna gingen we weg. Camiels vader zei nog 'Als
jullie er wat tussen zien, zoek maar eens wat uit.'

'Ja best,' zei Camiel en trok zonder hem nog aan
te kijken de buitendeur open. Hij had niet verteld
dat ik zwanger was.

In de auto telde Camiel het geld. Hij keek blij.

Camiel trekt al zo'n jaar of twaalf bijstand. Aan
zijn sollicitatieplicht voldeed hij niet en hij moest
langskomen bij de Sociale Dienst. Ik ging mee,
want dat soort dingen doet hij liever niet alleen.

'Maar wat wil je dan?' vroeg de vrouw met het
kortgeknipte haar achter de balie en tuurde boven
de rand van haar leesbrilletje uit.

'Iets met dieren,' zei Camiel en vouwde zijn handen zedig in zijn schoot. 'Ik ben al naar het asiel
gefietst, in de regen, helemaal in Oost. Maar daar
zeiden ze, je hebt een strafblad en er zit hier toch
vaak tweeduizend gulden in de kas.' Hij keek de
vrouw vluchtig aan en tuurde toen, alsof hij zich
schaamde, naar zijn knieën. Hij loog dat hij barst-
te, hij had niet eens een fiets. Maar een strafblad
heeft hij wel. Daar hadden ze het al over gehad,

dat dat toch een groot obstakel was. Zeven maanden had hij gekregen voor de smokkel van handgranaten uit Rusland.

'Tja,' zei de vrouw en bestudeerde zijn dossier. Ik liet een propje kauwgom vallen op het bruine kunststof tapijt.

'Ik wil ook wel dolfijnen dresseren,' zei Camiel, 'desnoods ga ik elke dag naar Harderwijk. Maar is dat haalbaar. Of leeuwen temmen.'

Ik beet op mijn onderlip om niet in lachen uit te barsten, tranen stonden in mijn ogen. Twee weken later kreeg hij een brief dat hij onbemiddelbaar was verklaard.

Ik wist zeker dat hij nooit een werk van zijn vader zou aannemen. Hoewel hij deze afbeeldingen van de Stones meer dan mooi had gevonden; als Camiel 'best gaaf' zei, bedoelde hij fantastisch. Zelfs als hij het niets vond zou hij er een aan kunnen pakken en verkopen. Maar hij zou nooit willen dat zijn vader de illusie koestert dat Camiel zijn werk waardeert.

Jonathan haalt zijn groene spokenkap uit zijn rugzakje en zet die op. 'Als je helemaal door de zee loopt naar Amerika dan verdrink je,' stelt hij vast. Zijn stem klinkt dof vanachter het masker en duidelijk hoopvol. 'En dan word je helemaal paars en plof je op tot je zo dik wordt,' hij spreidt zijn armen erbij uit.

Meeuwen scheren over een duintop. Ik heb een keer aan Camiel voorgesteld om hier te gaan wonen, dicht bij ma. Het idee geeft een veilig gevoel, raar, want ik heb nooit goed met haar overweg gekund. 'Een sexboerderijtje op het platteland,' knikte Camiel, 'dat is misschien zo gek nog niet.' Ik vertelde hem niet wat ik in mijn hoofd had. Een rijtjeshuis met klimop tegen de gevel. Tussen de in de zon glimmende blaadjes hangen spinnen, loom en tevreden schommelend in hun web. Een praatje maken met de caissière in de buurtsuper, waar ik wel twee keer per dag om een boodschap ga. Slabonen en wortelen koop ik daar niet, die krijg ik van ma uit haar tuintje. Zij doet de overgordijnen weer open. We zitten ieder in een luie stoel, happen in een stuk zelfgebakken cake, en becommentariëren iedereen die langsloopt. Heeft vrouw Bonewiet een nieuwe zondagse jas? En kijk, Martha, dan moet het tien uur wezen, die gaat bij Pietje op de koffie, maar over een kwartier gooit die d'r weer buiten, let maar op.

We wandelen het strand op. Er lopen een man en een vrouw, met in hun midden, aan de hand, een kindje met een grote rode muts. Ik kan al jaloers worden als ik een gelukkig gezin zie in een wasmiddelenreclame.

Camiel werpt een verlangende blik achterom op het paviljoen, met de rafelige Nutricia-vlag ervoor. Toen ik hier nog vaak kwam ging ik graag naar het strand als het onweerde. Donder die het hele eiland leek te doen schudden, en dan het liefst nog keiharde regen die de grond raakte waar ze maar kon, geen ontsnappen mogelijk; stuk, alles moest stuk en ik erbij, die gedachte maakte me vrolijker dan wat dan ook, meestal begon ik te rennen en hoopte dat de bliksem mij trof.

Camiel zegt dat het stuift, dat hij zand in zijn mond krijgt en dirigeert me in de richting van de duinen. Ik zou willen dat hij niet zo voorspelbaar was.

Voordat ik hem leerde kennen handelde hij in wapens. Hij woonde op het terrein van een paar Hell's Angels, vlak bij Halfweg, in een woonwagen. Hij had daar ook paarden lopen, wel tien, hij is dol op dieren. Maar de wapenbusiness werd hem te link, zei hij. Een of andere gast kwam een keer niet over de brug met zestigduizend gulden, hij en twee makkers hadden hem naar het Westelijk Havengebied gereden. Achter een grote loods hielden zijn maatjes de man in bedwang en Camiel had met een schroevendraaier zijn ogen eruit ge- draaid. 'Ik had wel eerst zijn bek volgepropt met een theedoek. Het bloed droop over de wangen, over zijn hals, in zijn overhemd. Ik wou hem eerst zijn ogen nog laten opvreten. De kankerlijer.'

'Don't mess with me,' zong Camiel, hij stond op het bed en maakte boksbewegingen. Ik lustte geen hap meer van de boterham met sandwich-spread die ik net had gesmeerd en legde hem op de grond voor de hond. Camiel stopte met boksen en keek me onderzoekend aan. Toen zei hij dat het niet waar was, dat een van de Hell's Angels bij wie hij woonde dat had geflikt, en dat hij er zelfs niet bij was geweest.

Op sporadische momenten weet ik heel zeker

dat ik met Camiel wil zijn. Als hij naakt op zijn buik ligt te slapen en ik hem bestudeer in de spiegel aan het plafond. Zijn machtige billen, met kuiltjes aan de zijkant, zijn rug met die rustende spierkabels die elk moment kunnen exploderen. Zijn vuisten, gebald, met wondjes op de knokkels. Niemand zal me ooit kwaad doen met Camiel in de buurt. Soms open ik zijn vuist voorzichtig en leg zijn duim tussen zijn lippen.

Toen ik hem pas kende zaten we eens in Belvero, een bar-bistro aan de Sloterkade vlak bij Camiels huis. Een kennis van Camiel uit de buurt was er ook, Abe. Die had aan de bar een sateetje gegeten en saus gemorst op de boord van zijn witte sweatshirt. Hij nam een slok bier en veegde het schuim uit zijn mond. Ging wijdbeens voor me staan. Riep tegen Camiel, die bij de fruitautomaat stond, 'je hebt wel weer een lekkertje uitgezocht.' Hij gaf me een paar tikjes op mijn wang. 'Uitkijken jij,' zei Camiel en stak dreigend een vinger op. Abe deed een pas in mijn richting. Zijn sweatshirt zag er goedkoop uit, de stof lubberde. 'Maar,' zei Abe, 'ze ziet een beetje bleek. Ze mag wel wat meer kleurtjes op d'r smoeltje smeren.' Hij pakte mijn hoofd beet en schudde het heen en weer. Ik zag Camiel niet bij de gokkast vandaan komen maar opeens stond hij naast me, haalde uit en stompte Abe midden in zijn gezicht. Hij sloeg met zijn hoofd tegen de rand van de toog en klapte toen op de grond. Bleef liggen. Later bleek dat zijn jukbeen deels was versplinterd. 'Die kent me al jaren,' zei Camiel, 'die snapt wel dat hij beter geen aangifte kan doen.' De volgende keer dat we Abe op de kade tegenkwamen bood die zijn verontschuldigingen aan.

Camiel gespt zijn riem los en trekt in een keer zijn Levi's en Hugo Boss-boxer naar beneden. Pakt mij in mijn nek en duwt mijn hoofd omlaag.

Camiels ballen likken of die van een klant, maakt geen verschil. Met mijn tong draai ik rond en over zijn eikel, die vaag naar urine smaakt. Hij kreunt. Draait me dan ruw om en gooit me voorover op de grond. Rukt mijn rokje omhoog en mijn panty en slipje omlaag. Dringt zich naar binnen. Het zand kriebelt fijn aan mijn knieën. Camiel houdt mijn haar stevig vast en bonkt hard tegen mijn baarmoeder aan. Ik richt me zo ver mogelijk op om te kijken waar Jonathan is. Ik zie hem staan, bij de zee, nog steeds zijn spokenmasker op. Hij zwaait zijn arm naar achteren en naar voren en gooit iets in de golven. Camiel wrijft over mijn klit, er zit zand aan zijn hand, het schuurt. Hij bezorgt me zelden een orgasme. Ik zucht alsof ik het heerlijk vind, dat ben ik zo gewend.

Jonathan schreeuwt iets onverstaanbaars naar de zee. Camiel at warme worst toen zijn zoon werd geboren. Ik werd misselijk en jankte dat hij het weg moest gooien.

Camiel doet er lang over, hij neukt me nu alleen met zijn eikel.

Mijn moeder is, met geld van een vriendin, naar Nederland gevlucht toen ik in haar buik zat. Mijn vader dacht dat ik van iemand anders was en dreigde haar te vermoorden. Toen hij al in het ziekenhuis lag smeekte hij haar per brief om mij nog te mogen zien, maar mijn moeder was onvermurwbaar. Ooit wil ik zijn graf bezoeken, met Jonathan maar zonder Camiel.

Camiel verveelt me stierlijk. Ik wil iets in het zand schrijven, 'ik hou niet van je, kabouterlul.' Maar zodra ik de streep van de 'i' probeer te trekken, loopt die weer vol met zand, het is te rul.

Camiel knijpt het restje sperma uit zijn piemel en veegt dat aan zijn sok.

Op de boot valt Camiel in slaap, zijn hoofd tussen zijn armen op het tafeltje. Ik kijk recht tegen zijn kruin aan; zijn haar groeit uit. Dat geblondeerde staat hem eigenlijk helemaal niet. Jonathan zeurt niet om snoep of chips en wil de hele reis op mijn schoot zitten. Ik wrijf mijn wang tegen de zijne, heerlijk zacht.

'Lieve mama,' zegt hij en omklemt mijn gezicht met twee handjes. Hij heeft rouwrandjes onder zijn nagels. Ik kijk in zijn lichtbruine ogen omringd door lange wimpers en onderdruk de plotseling opkomende tranen. Af en toe zou ik alles en iedereen in de steek willen laten, ook Jonathan.

In het paviljoen had Camiel gestoofde paling besteld. Hij nam er drie happen van, zei dat het vroeger veel lekkerder was, malser, en schoof zijn bord weg. Nam een grote hand friet uit de schaal, het zout en het vet glommen op zijn vingers. Jonathan bouwde in de kinderhoek van Duplo een galg en gebruikte een veter uit zijn Nike als touw. Ik dronk achter elkaar drie jus en een koffie verkeerd. Ik drink nooit alcohol en ik gebruik geen drugs. 'Je bent er bang voor,' zegt Camiel. Dat zal wel. Ik denk daar niet over na.

Met de taxi naderden we het Dorpsplein. 'Stop even,' zei ik tegen het kalende achterhoofd van de chauffeur. Hij remde abrupt en parkeerde naast de telefooncel. Liet de motor draaien. Ik helde op-zij, zodat ik Dieck in kon kijken, links zag ik een stukje van de witbakstenen gevel van mijn moeders huis. Camiel draaide zich naar me toe. Ik meed zijn blik.

'Is ze thuis?'

Stomme vraag, hoe moet ik dat nou weten. De motor deed de zitting onder mijn billen trillen.

'Ik mag hier niet staan,' zei de chauffeur.

Jonathan trok met zijn vinger strepen door het vuil op het raam.

'Nou schat, wat doen we, doorrijden maar?' vroeg Camiel. Ik antwoordde niet. 'Doorrijden,' besliste Camiel. De chauffeur schakelde. We reden over Dieck. Ik hoopte dat ze de deur uitkwam. In twee se-conden flitsten de gesloten gordijnen voorbij.

We zijn Jonathans veter vergeten mee te nemen. Ik denk dat ik het als we thuis zijn uitmaak met Camiel, niet nu want dan moet ik misschien met de trein terug naar Amsterdam en daar heb ik geen zin in. Even schiet het door mijn hoofd

Camiel slapend op de boot achter te laten, met Joon in de auto te stappen en door te rijden tot weet ik veel waar.

Camiel gaapt en start de auto. Ik zie de kies waar laatst een stuk is afgebroken. Hij gaat al jaren niet meer naar de tandarts. Een paar dagen geleden probeerde hij de aanslag van koffie en tabak op zijn tanden eraf te peuteren met een haaknaald. Ik zei dat hij daarmee op moest houden, dat hij zijn glazuur vernielde. Maar ik wilde dat hij van die haaknaald afbleef. Daarmee had ik, voor Jonathans geboorte, een roze babybaretje gehaakt, met een grote bol erop, toen geloofde ik nog dat het wat kon worden met ons drieën.

Jonathan valt op mijn schoot in slaap, zijn hoofd leunt zwaar op mijn arm. De Nike zonder veter bengelt aan zijn voet en valt op de grond. Er liggen nog hondenharen in de auto.

Toen ik de derde keer met Camiel in bed lag zei hij 'jij hebt natuurlijk al alles gedaan in bed'. Hij gluurde tussen zijn oogharen door naar Aron, die op de luie stoel lag en zacht gromde in zijn slaap.

'Pijp die hond,' zei Camiel en keek me strak aan. Ik voelde zijn pik onder mijn hand harder worden. Camiel riep de hond op bed. Ik schoof het roze geslacht uit de bruinbehaarde schacht en nam het in mijn mond. Aron bleef er stoïcijns onder, ik geloof dat hij zelfs verdersliep. 'Goed zo, hoertje van me,' mompelde Camiel en stopte zijn vingers in mijn anus, 'doe je best maar.' Geil werd ik er niet van maar ik wilde iets voor hem doen. Ik wilde zoveel voor hem doen dat ik niet meer bestond.

Camiel rijdt een parkeerplaats op en stapt uit. 'Pissen,' zegt hij. Ik kijk hoe hij daar staat, voor de bosjes, in zijn versleten witte 501, die ik hem nog steeds sexy vind staan. Weer krijg ik de aanvechting achter het stuur te kruipen en weg te rijden. Camiel er rennend achteraan. Ik hoor hem al roepen, 'hier teringwijf, ik maak je af!'

Er schiet me iets te binnen, ik las het in *Van het westelijk front geen nieuws,* een verslag van een Duitse frontsoldaat uit de Eerste Wereldoorlog. 'Laat de maanden en jaren maar komen. Ik ben zo alleen en zonder enige verwachting dat ik ze zonder vrees tegemoet kan zien.' Ik ken die zinnen uit mijn hoofd. Ik wilde Camiel het boek ook laten lezen. Hij bladerde het door en zei dat de letters veel te klein waren. Hij was de laatste tijd verzot op de strips van een Japanse tekenaar die de rol van de Japanners in de Japans-Chinese, en in de Tweede Wereldoorlog verheerlijkte. Kamikaze-piloten stelde hij voor als helden met perfect geproportioneerde lichamen. Een tekening van zo'n piloot in een brandend, neerstortend vliegtuig, had Camiel gekopieerd, uitvergroot en op de schouw in de slaapkamer gehangen.

Camiel komt terug, maakt de laatste knoop van zijn gulp vast.

'Wat kijk je zorgelijk, schatje,' zegt hij terwijl hij in zijn stoel ploft. Hij buigt zich naar me toe, even denk ik dat hij me op de wang gaat zoenen maar hij draait het raampje open, 'benauwd hier'.